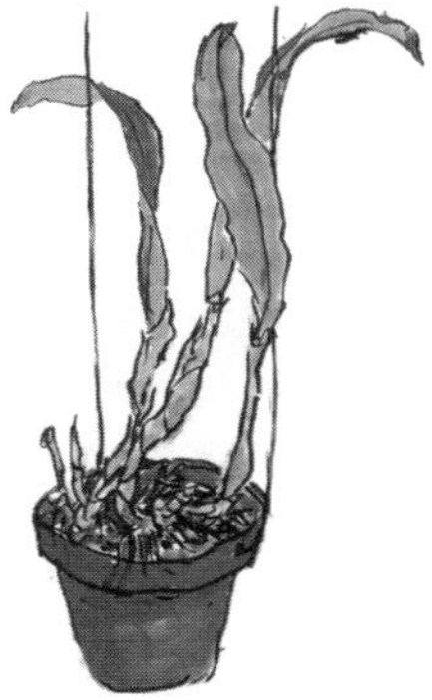

教授別急！

廖玉蕙幽默散文選

廖玉蕙 著

蔡全茂 圖

目錄

輯二 我爲卿狂

輯三 讓我說個故事給你們聽

輯四　煩惱更勝三千

輯五　教授別急

自序

就不知能否博君一粲？

《教授別急！》乍看這樣的書名，就教人忍俊不住，到底教授在急些什麼啦？

沒錯！「教授」指的是我，那是一場夜奔的荒謬劇，急的是演講在即，我卻在高速路上失去方向，暗夜寂寂，四顧茫然；而邀請單位主辦先生的著急應該更甚於我，卻在焦慮中企圖維持優雅的鎮定，不停用「必叉」（pit-tshe尾音破裂）的聲音遙送顫抖的溫言軟語：「教授別急」！

別急！阿爾卑斯山上迤邐展開的路旁高懸標語：「慢慢走，欣賞啊。」倒好似為這句暗夜裡高亢的慰語作備註，開解一道人生的祕密。

活在這快節奏的社會，「別急」是讓生活穩定的不二法則；但事情就是多，工作就是排山倒海地來，走路就是不由得要小跑步起來；而處在這躁急的年代，煩心的事就是忒多，不中聽的言語，不雅觀的事物，日日從報端、從電視、從四面八方直逼眼前。這時候，你能怎麼辦？

「別急！」殺人也不過頭點地，就讓我們對荒謬微笑、和遺憾握手。妙語可以解頤，幽默能讓人開懷。轉個念頭，偷個慧心，人生可以過得不一樣。這本書的集結，可以說是單調枯燥日子的反撲。生活單調，我偏要過得跌宕；家常枯燥，我就是要反其道地活出個中滋味。

其實，只要有心，有滋有味地過活並不難，即使是人生的困惑與糾葛，換個角度思考與反芻，往往也能別具風情。

全書分五輯，輯一「瞎操心」，寫的是家人互動，寫母親、丈夫、兒女間的互動及對孫女誕生的渴慕。從打麻將、買字典、查農民曆、挨打、養魚、看醫生到午餐約會、夫妻窺祕……等家常細事琢磨起，一路彎彎曲曲地耍心機、逗樂子、尋開心，好不熱鬧。

輯二「我為卿狂」，描摹所謂的「戀物癖」。一隻慶生禮物的充氣豬如何攪亂一池春水？一樹的芒果引發了多少的狂想；光是一只皮包，就包藏了多少禍心？衣櫥內的幾件旗袍、一條裙子，簡直就道盡女人一生矛盾掙扎的血淚斑斑穿衣歷史；而冰箱內的幾瓶醋，喝或不喝？留或不留？既是學問，也是難題，讓人傷透腦筋。

輯三「讓我說個故事給你們聽」，寫的全是離奇荒誕的人間傳奇。偷窺慾十足的包打聽；市場內，邊揮刀邊譏誚顧客的鵝肉販；大運河上搭乘「豪華」遊輪，卻飽受折騰的魔鬼訓練行程；診間不停說譬取喻給病人聽的醫生；還有在電話中不斷暗示導引的荒唐民調；鄉間郵局內櫃檯人員緩慢速度的另類服務；課堂上雞同鴨講、胡亂拼湊的師生應答；另外就是不斷在城鄉間穿梭移動的噪音，宅內的、屋外的，固定週期的、不定時游移的，真個是聲聲魔音穿腦。

輯四「煩惱更勝三千」，筆端指向藏在生活細節裡的魔鬼，篇篇都是些教人啼笑皆非的煩惱。譬如：推拒無方的無孔不入推銷術；新建庭園忽然來了不速之客；摩托車上的菜籃居然成了莫名其妙的藏汙納垢之地；年過五十後的矛盾心情；應邀演講所衍生的諸多困擾；在月光下赤足挽袖搶救水塘內瀕死的魚群，可見女人的三千煩惱絲所引發的，絕對不止於三千的煩惱！

輯五「教授別急」，寫各式上身的迷糊糾纏，所有事都變成「依稀記得」，卻又無法確認。老師錯認學生，留話機裡的莫名留言；試卷中不符邏輯的詭奇作文；上海黃昏的攔車鬧劇；奔赴演講時的驚慌迷航；車停何處與車行何路的雙重困惑……啊！啊！世事真是複雜，俗話說「生也有涯」，而迷糊卻彷彿永遠無邊無際。

前些日子看了日本作家佐野洋子的《我可不這麼想》（無限出版），作家在書中抱怨科學發達、發明太多，人類的生活越改善、越方便，似乎便越發失去克服困難後感受「啊！真要命，終於做完了。」的喜悅，慨嘆哈哈大笑的開心日子反倒被剝奪殆盡。她呼籲「別再奪走人類所剩不多的簡樸生活。」強烈反智的內容，讓人看了不由心有戚戚焉！

快樂既不容易再從克服日常生活的困境上獲得，那麼，是不是能轉而從感性出發，在開心的閱讀裡去追索？本書的集結成冊，就是希望將煩惱、迷糊、荒謬、愛戀或操心的種種小事，以婉轉迤邐的文字、奇思妙想的騰躍及耐人尋味的幽默呈現。一如清代徐珂所云：「今之弄筆，意在一粲。」就不知能否博君一粲？

輯一

瞎操心

畫出孫女來

一位畫家朋友詹老先生，高壽八十餘，因為不想過度使用眼力，請了位工讀生幫他讀報，我們都讚歎這個主意相當實用。因為乾眼症及飛蚊症，我一直擔心年高後，眼睛瞎了，無法閱讀。我偷偷打著如意算盤——如果丈夫可以兼任工讀生，我還可以省下一大筆錢，那就太圓滿了。

兩年多前，我們在台中進行改造老家的工程，常常在高速路上奔馳。無意之中，養成了在冗長車程中相互介紹近期所閱書籍的習慣。房子蓋好後，外子因此練成說故事高手，連平日散步時，也常相互說書。我發現他滿會說故事的，常能細節詳盡，頗為引人，並不像我一向所認定的木訥。所以，趁機鼓勵他提前練習，也許將來為我朗讀時可以更加得心應手。一日，不小心透露了這個企圖，外子笑說：「別指望我！將來訓練妳的孫子吧！」

有關孫子的討論，由來已久。在那之前六年，朋友雷驤先生晉升為祖父，外子和我前去探望，看到粉帳內躺著的可愛女娃兒，竟然感動得落淚！從此，抱孫的慾望持續發酵，偶爾還在兒子回家時開玩笑地說：「我們乾脆週末租個小孫女回來玩玩。」

舊事重提的當兒，我忽然想起印度作家鍾芭・拉希莉寫的小說《同名之人》，男主角的父親，小時候，也常在暑假去為年邁的祖父朗讀小說，感覺挺溫馨的。但是，如果兒子不結婚，我們會有孫子嗎？原來認定外子前些年念茲在茲的孫子議題非常無聊的我，忽然因為朗讀事件變得神聖起來。說著、說著，他認真地問我：「妳覺得我們的孫子會長成什麼樣子？」看來這個男人瘋了！我沒理他；他也從此陷入沉默。

沒料到，過了約莫十五分鐘，一幅假想圖完成，故意擺在我前方的電腦旁。我湊過去看，還有標題——「為阿嬤朗讀」。虛弱無力的阿嬤戴著墨鏡躺在床上，旁邊一位小孫子認真地拿著書本朗讀著。

小孫子雖然可愛，但老太太也未免太可憐了吧！男人的心目中，居然希望老了以後的太太會是這副模樣！最起碼我是一定不肯穿有點狀圖案的睡衣的！而且，難道他打算讓我睡在那麼寒酸的窄小床上！雖然他辯稱這只是示意圖！誰能保證他心裡不是這樣想的！男人原來是如此揣想著太太未來的下場的，真是讓人驚心。

從那天起，原本逐漸淡忘的祖孫議題又開始白熱化起來，外子漸漸變得瘋狂。每天像畫連環漫畫般，摹寫起他的孫子。原先以為開玩笑，卻真的很有恆心地為未來的孫子規畫起生活起居來了。畫了「為阿嬤朗讀」後的第二天，又歡喜地畫了張「阿公陪孫子上學」一圖。駝背的老頭子，顯然就是多年後他自己的寫照。雖然，背佝僂著，但至少還行動自如。憑什麼兩張圖畫裡的孫子年齡看起來都是一般大小，我就得穿著可怕的點狀睡衣、戴墨鏡、虛弱地躺在床上等著孫子為我朗讀；而現實的爺爺根本還比我大上幾歲哪！他以為到時候我就必然比他顯老麼！我不過多了飛蚊症及乾眼症，哪裡就該像病歪歪的視障者般躺著，為此，心裡頗為不平衡。我提出嚴重抗議，他還是強辯畫畫是藝術，非科學，不必計較太多。我為了表現心胸寬大，只好不予計較。

第三天，吃過晚餐，我聽到他興致盎然地問我：「今天，我們的孫子要做什麼？」然後，取出本子、畫筆，鄭重斟酌著。我坐電腦前，偏過頭看他，他支頤沉思著，自言自語：「那就畫帶他去看手塚治虫的世界展吧！」我湊趣地說：「進度太快了，兒子估量完全趕不上，會乾脆放棄的。緩一緩吧！」他也許感覺我說的有理，也或許記住了我的不滿：萬一又畫他健康地帶孫子去看畫展，把我這位虛弱的老太太放家裡的小床上，恐怕要引起更大的風波，立刻從善如流。「那就畫他做功課吧！」紙一攤，就在書房畫將起來。

沒過幾分鐘，轉移到客廳看文學獎稿子的我，看到他愉悅地步出書房，宣布：「孫子正在努力做功課哪！」我說：「拿過來給我瞧瞧。」他煞有介事說：「噓！別吵他，要看，自己進去。」我悄悄走進書房，看見桌上的圖畫冊上一幅「孫子寫作業」速寫，孫子正在燈下凝神寫字哪！

我沒敢說話，躡手躡腳出來。外子認真地警告我：「妳成天瘋電腦遊戲，真是很糟糕！過了暑假就收斂些吧！到時候，就怕媳婦會嫌棄妳習慣不好，帶壞孫子，不帶孫子來跟我們玩就糟了！」嫌我！他還真的當真咧！媳婦在哪兒？孫子在何方？

接續下來的一個颱風天下午，外子去小睡片刻後，神清氣爽地踱到書房來，用極其滿意的口氣說：「沒有開冷氣，睡得好極了！還做了一個夢。」我繼續在電腦上寫稿，他坐了下來；拿起筆，又開始作畫。

幾分鐘後，他的夢又成了一張圖：「孫子去南美壯遊」。天啊！怎會這樣！五年前，兒子辭了工作到南美浪遊十一個多月，才多久，孫子竟然也要仿效起他爸爸了。怎麼會這樣！難道我擔驚受怕還不夠！我問他：「兒子怎麼沒有加以阻止？」外子說：「還說哪！都是他鼓勵的。」這個孩子讓父母擔心還不夠，還鼓勵他兒子去搶案頻傳的國家，讓我們持續煩惱。我真的生氣了，決定打電話去他公司興師問罪。外子阻止我說：「別忘了！今天雖然學生停課，大人還得上班，妳就別瞎鬧了！何況是夢。」

豈有此理！夢也不行。我憤恨難消，轉而質問：「誰給的旅費？看起來才滿十八歲，他怎麼會有錢！我知道他爸爸好像沒什麼存款，難不成中了樂透！」外子慢條斯理回說：「還會是誰！不就是妳給的。」我一下子委頓下來，心虛地幾近自言自語：「我才不會那麼慷慨！」可是，怎麼聲音變得這麼小？因為我自己知道是有可能這麼做——無論如何擔心，我還是會支持孫子的決定，給錢可能是一般做阿嬤巴結孫子最常用的手段。幸而兒子去南美時，用的是他自己的存款；我戶頭裡還有些餘款，說不定我真的會給孫子一些資助。

「有關孫子的議題，可能需要節制一些了。」過了一會兒，我從氣憤中清醒過來，跟外子商量。不管他多麼嚮往別人家的孫子，這樣子持續虛擬孫子，已經引起家人的不安：會不會給孫子的爸爸太大的壓力？雖然，看到兒子及其女友偶爾也會湊趣搭腔，而且兒子看似一向不大理會輿論或爸媽的期待；但誰知道他心裡真正是怎麼想的。「好歹我們都公認他是個孝順的孩子，孝順的孩子再怎麼滿不在乎，說不定會因為看到父親的朝思暮想而心生憐憫，只好順應輿情生個孫子來安慰我們。到時候，沒空養，要賴起來，要讓我們老人家負責教養可就麻煩了。」

外子首度陷入長考，我認定他考慮的不是負責孫子教養的問題，依他的個性，能負起孫子的教養重擔，對他而言應該是備感榮幸的；他煩惱的很可能是：這個奇怪的阿嬤，能不能在教養孫子時，做出良好的示範，不要讓孫子因為錯誤的身教而陷入瘋狂。已經教出那樣不顧一切的兒子了，孫子如果還重蹈前車，還真是麻煩不斷。

一個多月後，剛自紐約出差返台的兒子在晚間八點多來電約我們週末一起吃飯。我說：「我和爸爸這星期六參加同學會後要直接回台中，改天吧！」兒子只說：「那就只好這樣囉！」感覺聲音裡有些悵悵然。我另開話題，問：「T（他的女友）有沒有乖乖去醫院復健拉頸椎？」兒子頓了一下，支吾回說：「嗯……她已懷孕一個多月，不能去做復健了。我們原本就是想約你們一起吃飯，告訴你們這個消息……」我忽然心臟開始怦怦跳，險些昏倒；沒等他把話說完，甩掉電話，跑到客廳，指著正坐看電視的外子說：「天啊！你好神奇！真讓你給畫出孫子來了！你真的要做阿公了呀！」外子聽了，大吃一驚，不敢置信地目瞪口呆，接著歡喜得合不攏嘴。逼「孫」奏效，真是始料未及！沒料到二十一世紀的現代會發生此等驚世傳奇——七個多月後，我們喜獲小孫女。

從那以後，我對家裡的這位男人再也不敢小覷！因為自以為得到天授的他，有一天忽然很豪氣地跟我說：「妳說！妳要什麼！我都可以把它畫出來。」我倒還好，只是有些擔心他會不小心畫出內心那個小三來。

——本文收錄於二〇一四年三月出版《阿嬤抱抱！》（有鹿文化）

學會跟世界接軌

為了陪阿嬤打發無聊的時間，全家人破例開始學習打麻將。不愧是國粹，學問不小。大夥兒慢慢琢磨，日益精進牌藝。人入初老之年，才和麻將建立關係，先天上便吃了虧。在詭詐的人世裡虛與委蛇久了，總覺得每張牌後面都潛藏不可測的陰謀。因為步步為營、思慮再三，和阿嬤年老緩慢的動作，竟不謀而合地搭上了節奏。爸爸、媽媽和小女兒，三人都屬新手，阿嬤則是老化後的混亂，四人上桌，一圈麻將打到地老天荒，從陽光亮晃晃直到夜幕四垂。偶有一旁觀戰者，簡直急到腦門充血、兩眼翻白。

因為純屬陪老太太消遣，唯恐老人家過分緊張反而傷神，事先言明僅以花花綠綠的籌碼論輸贏，不涉及金錢往來。饒是這般，因為事關顏面，四人還是全力以赴，毫不含糊。只是，畢竟有的太年輕，有的又已有了年紀，興奮衝動者有之，老眼昏花者也有之。亂喊「碰」的、少拿牌的、吃錯牌的，錯看條子、筒子的……因為採寬鬆認定，一局下來，手忙腳亂的一再從頭來過。忘記碰的、漏吃的，儘管已經過了一輪，還容許還原現場、重新出牌；進行到半途，忽然發現少了張牌，就算牌局已接近尾聲，仍寬厚地允許再補抓一張……。總之，狀況雖然頻頻，精采不減，四人依然玩得不亦樂乎。牌桌上的墊紙邊上寫滿了每場廝殺後的戰績「阿嬤美國西裝——大輸六百元」、「爸爸小贏三十元」、「妹妹反敗為勝十元」、「媽媽潰不成軍」……等。

一日，下班的兒子，臨危授命，替代必須出門的妹妹上桌。才坐下來不到五分鐘，已經不耐煩地催促了不下五十次的「快一點」，攪得桌上其他三人神經緊繃，亂成一團。兒子丟牌的聲音，響脆俐落，有著年輕幹練的質地，似乎是個中老手，可全家人卻都想不起曾經有過什麼樣的環境造就了他的熟練。更糟糕的是，無意間，被他發現輸贏居然不計代價，他大表不滿：

「打麻將不算錢？這未免太扯了！一點刺激也沒有，難怪你們亂搞一通，一點遊戲規則都不懂！」

他強烈主張必須提高輸贏的代價，才能激發人類潛在的鬥志。每台只有二十元？「連小朋友都不屑！」於是，他以內行人的高姿態，為我們重新訂定規則：

「輸贏要拉大距離，而且要真槍實彈，不能虛晃一招，否則大夥兒都胡作非為，私相授受，明明都相公了還可以補牌！像話嗎？有人這樣亂來嗎？簡直是一場鬧劇！」

他義正辭嚴，講得我們羞愧萬分，只好從善如流。他將底價提高到一百元、每台為五十元，他拿話激阿嬤：

「就這樣，不能再低了！……阿嬤！玩真的沒問題吧？妳應該不是那麼輸不起的人吧？」

開玩笑！想你阿嬤當年也曾意氣風發，豈是猥瑣之輩！阿嬤一句：「驚啥！」立時將局面推入緊張刺激、萬劫不復境地。

然而，混亂依舊，起手再回的狀況不少。媽媽已然丟出的牌，想想不妥，想再趁勢取回，「不行！」一聲嚴厲的斥喝追上，怯生生的手只好抽回；兒子自己一時不察，胡亂喊了聲「碰！」，立刻掏出一台的罰款，自我處罰；阿嬤抓了牌，放進牌列中，整了整牌，這才發現根本已經自摸，「阿嬤，這樣不算！犯規哦。」聲音雖然溫柔，態度卻相當堅定；爸爸把牌翻下、喜孜孜喊胡後，才發現搞錯了，訕訕然將牌重新砌起，「詐胡！這局從此不准胡了」……分明自摸，高興之下，手上抓到的牌碰到其他的牌，「不算！犯規。」自摸的麻將擺得靠進外頭池子，「也不能胡，這是慣例。」給阿嬤過水後還沒轉一輪，立刻喊胡，「不行！婦人之仁必須付出代價。」哇！酷吏復甦啊？不過消閒罷了，搞得這樣緊張兮兮的，眾人不服，提出申訴。

「沒得申訴！這是規矩。要玩牌，就得照規矩來，才能和世界接軌。」

跟世界接軌幹什麼？就是玩玩嘛！我們又不去參加奧運比賽，急驚風似的！可是，兒子鐵面無私，嚴格執行。一回，媽媽不放心地數了數牌數，赫然發現居然少了一張，難怪怎麼兜都兜不攏！於是，駭笑著想從後方再行追補。

「開玩笑！牌是這樣玩的？願賭服輸，現在，妳光守著別放砲就好，趁早打消求勝的念頭。」

媽媽不甘心，趁其不備，從尾端抓了支牌，兒子手腳極俐落，以迅雷不及掩耳之勢扣住媽媽的手腕，硬生生從媽媽手中挖出那張牌。媽媽半撒嬌，半動之以情：

「我是你媽欸！你就通融一下吧！人家忘了補嘛！」

「不行！打麻將怎麼能通融？有一就有二，此風不可長！一開始就要嚴格把關，立下好的制度，將來若是出去跟別人玩，才不會被人恥笑。賭徒是不管父子母女親情的，眾生平等。」

「我才不會出去跟別人玩！不過陪你阿嬤殺時間而已，打牌還要立什麼制度，又不是立法院……啊！這算什麼消閒，根本是玩命，會心臟病發的。不管！把牌還我！」

兒子不理，逕自催促大夥兒加快速度：

「速度太慢了！這樣沒辦法跟世界接軌。」

「接軌個頭啦！這麼嚴苛跟共產黨有什麼兩樣？」兒子依然不理，緊緊看住媽媽蠢蠢欲動的手。媽媽生氣了，兩人在牌桌上搶牌，相持不下。媽媽氣憤地說：

「我養你二十幾年，就讓我補一張會怎樣？養兒還沒防老哪，先就要氣死老媽呀！」

阿嬤看不下去了，轉頭訓斥她的女兒：

「汝哪會這尼番！阮孫不是給汝講過了，要學會跟世界接鬼啦！……是講……把鬼接落來是要做啥？……啊？七月時快要到了，安捏敢好？」

——本文收錄於二〇〇七年一月出版《大食人間煙火》（九歌）

男人和魚

多年前的一個週末夜晚，孩子們臨時提議到通化街夜市添購牛仔褲。記得似乎是個薄涼的秋日，因為時斷時續的微雨，夜市有些冷清，沒有了週末應有的人潮，我們在濕濕的道路上悠閒地逛著，格外覺得一種釋放後的輕鬆。

當我們提著新購的牛仔褲由店中走出時，發現不知何時雨勢竟大了起來。因為未曾帶傘，四個人只好在騎樓中鵠候。我們判斷雨勢將很快停止，因此，並不打算就近購傘。正無聊地說著話，眼尖的兒子突然發覺不遠處靠近騎樓的道路上，矗立著兩把電視上所謂的「五百萬」大傘，傘下蹲坐著一位年近七十的老婦正無聊地守候著兩盒鋁製方盒子裝的金魚，盒子旁散置著幾把撈魚的器具。因為無聊，我們母子三人無異議通過去試試手氣，只剩下那位早已失去童心多年的男子艱苦卓絕地留在原地等候放晴。

雨下得還真不小，我們挨挨擠擠地躲進大傘下時，那位老婆婆有著意外的欣喜。撈一次魚十元，紙做的撈器很容易就會因潮濕而破敗，女兒和我，不消一分鐘，便相繼宣告失敗。兒子繼續奮戰了幾十秒後，亦宣告束手，一條魚也沒撈上。三人同時認定憑那般脆弱的撈魚器想要撈上魚來，其成功機率無異於零，老婆婆當然不承認。

雨仍舊強勢地下著，不時地有些零碎的雨滴濺到方盒內，打起一個個小漩渦。沒有人願意回去騎樓陪伴那位看來相當孤單的老爸，仍興致勃勃地圍看各色小魚在盒內和小漩渦玩著躲避的遊戲。三人俱身無分文，掌理財物的男子正目不斜視地望著前方，那般正氣凜然，估量著要遊說他再度掏出錢來投資這幾近有去無回的賭博遊戲恐是難上加難，因此，我們只能戀戀不捨地對著兩盒的小魚品頭論足，不時爆出驚奇的讚歎。

不知是被我們的熱情所感動，抑或不耐我們久據攤位前，妨礙其他顧客上門，老婆婆突然決定送我們三條小魚，孩子們興奮地相互擠眉弄眼，老婆婆用塑膠袋當容器，三條小魚——二紅一黑，便在袋內優雅地活動起來。孩子們向老爸要了十元，買了一小包魚飼料，唯恐老婆婆反悔般地冒雨逃出街巷，招計程車回家。

回到家，三人在不同的容器間揀選著，把三條魚抓過來、攞過去，忙得不亦樂乎。一副事不關己模樣的外子在一旁冷冷地開口：

「你們這樣折騰，魚怎麼受得了？我保證過沒幾天，就會被你們活活整死。」

終於選定了一只原先裝豆花的小塑膠桶作為小魚的歸宿，大小適中，美中不足的是桶子不透明，無法從側面看到魚兒款擺的姿態。不過，總算聊勝於無。何況，在回程上，司機不也預言：

「這種魚你帶回去養，頂多活不過一個禮拜。」

既然牠的生命可能短如春花，就不必再大費周章為牠置產了，我心裡這樣想著。

第二天傍晚下班時間，那位外貌冷漠的男子小心翼翼地捧回一個迷你魚缸，迎著我們詫異的眼光，他一本正經地說：

「正因生命短暫，更要活得正大光明。」

不知是否錯覺，小魚換了透明魚缸，似乎更形活潑了。整夜，我們放下手邊的工作及功課，興奮地圍著那只魚缸，目不轉睛地注視著魚兒在缸內賣弄風情。而那位為魚置家的男子則在換完魚缸後，便毫不戀棧地掉頭忙他所謂的「正經事」去了。

接連幾天，恰巧都有朋友來訪。來訪的友人不約而同地預示了小魚無法長壽的命運，短則兩、三天，多不過一個月。每個人在面對這缸小魚時，都情不自禁地懷想起生命歷程中的養魚經驗，侃侃而談地給予我們甚多的忠告。譬如必須在水中先培養一種什麼菌，使它更接近魚的天然生存空間；也有人警告我們每次為魚換水只能換三分之二，免得魚兒無法適應全新的環境；更有人主張裝進缸內的水必須經過隔宿的沉澱，才能過濾不利於魚的化學成分……七嘴八舌，人人皆有一套看似頗有根據的養魚經。我們唯唯以對，全不拿這些話當一回事，依舊用最野蠻的方式蓄養。心中隱隱地有一種奇異的矛盾存在——既害怕預言成真，又懷抱著魚兒隨時會翻白肚的預期心態，每天踏入家門前，常是充滿著這兩種情緒交纏的亢奮。孩子們慣常在走出電梯門回家的剎那，朝我問：

「死了嗎？」

魚兒加入我們生活後的第一個星期天早晨，那位律己甚嚴的男子仍一如往常般清晨即起，等到我們三人慵慵起身，發現他已慢跑結束，並自建國花市攜回水草、小石子等，正認真地為小魚布置新居。第二個星期天，又帶回了一只空氣幫浦，然而，魚缸太小了，插上電流的幫浦在缸內如翻江倒海般攪起，小魚們走避不及，被震得暈頭轉向，孩子們驚叫連連，他才訕訕然拔起插頭。這位原先對養魚抱持鄙棄態度的男子正一點一滴地散發他潛藏內心的深情，當孩子們逐漸對魚喪失了熱度後，我發現外子不知從什麼時候開始完全接手了餵魚的工作，不時地還會坐在魚缸前露出疼惜的眼神。

小魚以極其緩慢的速度成長，尤其是那條黑色的魚，幾乎是堅持著牠迷你的身段，一點也不肯長大似的。雖然如此，我們仍不敢多給牠一些食物，唯恐牠們吃壞了肚子。魚兒非常精明，平日你走近和牠們打招呼，牠們總是不大搭理，兀自趾高氣昂地穿梭著；但一旦聽到飼料盒子敲打在魚缸邊發出沙沙的聲響，牠們即刻忘記維持驕傲的身段，張大嘴巴露出饞嘴的模樣，直立起身子索取食物。

「死了嗎？」三個字逐漸在生活中被淡忘。出乎意外地，這三條小魚展現了強韌的生命力，似乎是故意和所有的預言賭一口氣般地活得愈來愈起勁。一年半過去了，魚兒依然無恙，那些預言家們幾度光臨，都嘖嘖稱奇。

過年前，我們舉家有一趟美西八日遊。為了替這三條魚選擇一個寄養家庭，我們傷透了腦筋。總算在臨出發前，鄭重地託付樓下的鄰居，慇慇交代了養魚須知後，方才悵悵然上路。

八日遊歸來，父女二人迫不及待去迎回睽隔已久的魚兒們，許久之後，才見二人神色黯然回來，手上捧了個空魚缸。魚兒死了！真教人不敢相信！我們臨走時還在那兒翻觔斗耍寶的魚兒，竟然在八天之內相繼不明原因地死去。寄養家庭的爸爸、媽媽再三致歉：

「實在是不好意思，也不知道是怎麼一回事，都按照交代的方法餵食、換水，突然就一條一條地死去……」

這下子，輪到外子花上不少時間去寬慰那對無辜的夫婦，竭力使他們相信我們一些兒也不在乎。

行李尚未整理，全家籠罩在沉重的氣氛裡，外子和我則彼此相互安慰：

「本來以為只能活一個月的，又多活了那麼久了，不錯了啦！」

「不過是三條不起眼的小魚罷了！反正我們也忙，死了正好不必再那麼費事……」

「……」

然而，說著，說著，我們仍然情不自禁地要探討牠們的死亡原因。吃、住既然一切照常，難道是因為換了大環境，或者換了主人而產生的不適應症？難道魚兒們也會認生？或者魚兒竟以為遭到遺棄而心傷致死？當我提出這樣的想法時，立刻得到女兒的附議。我因之格外地感到自責，家中的另兩名男子則斥之為無稽。

空蕩蕩的魚缸依舊擺在客廳的老位置上，孩子們走過來走過去，每回不經意間瞥見，總要央求：

「再買幾條魚回來養吧！」

外子總是一成不變地回說：

「別再給我找麻煩！每回興沖沖買了，沒兩天就撒手不管，最後總要我收拾殘局……」

然而，話雖如此，我亦見他幾次坐在缸前，一副悵然若有所失的樣子。

其後，一個星期天傍晚，鄰居那位幫我們養魚的先生出現在我們家門口，手上提著塑膠袋裝的四條金魚——三紅一黑，興奮地向我們說：

「上次把你們的魚養死了，一直覺得不好意思，本來在你們回來以前，已買了幾條魚想賠你們，買回來才發現魚太大了，你們的小魚缸養不下。今早我去新店，在市場看到了些比較小的魚，就買了四條回來。」

家裡頓時又恢復了熱鬧，一再聲言不再養魚的外子看起來比我們都高興。這四條魚比原先的要大上一倍左右，在魚缸裡顯得擁擠了些，我說：

「缸子小了點，不過，湊合湊合算了，誰知道養得活養不活。」

外子沒說話，第二天上班回來，又捧了一個較大的魚缸回來，義正辭嚴地說：

「就算養不久長，也不能太虧待牠們，住家環境很重要的，可別讓人家說我們虐待小動物。」

接著，每隔幾日，我們就會發現，魚缸裡的配備又增加了一些，有人正不動聲色地擴大事端——先是一盞光亮的日光燈照得魚兒鮮豔精采；接著是一只小小的溫度計攀附水中的缸邊；沒幾天，又出現了一支自動加溫器，而水草、裝飾用的石子等更隨之日益精進。本來只是一樁隨興的消閒，經過這麼一攪和，似乎變成經國之大業。光為了對得起這些熱鬧非凡的配備，魚兒也不能輕易犧牲了。

不久，我們就發覺那條黑色的小魚與眾不同，除了嚴重鼓出的眼珠外，牠長時間潛身魚缸底部，就連餵食時，也不知上來分享。我們由是斷定牠不只罹患近視毛病，且還兼具耳聾殘疾，魚食敲打在魚缸邊緣的聲音，亦不能影響牠半分。我們都替牠擔心，唯恐牠餓壞了肚子，因為每回其餘三條魚吃光了懸浮水面的魚食，牠還優哉游哉地在深處遊戲。

發現了這點後，那位屢次宣稱不再為魚兒費心的男人，每隔一段日子，便不厭其煩地把那條黑魚單獨撈到另一個容器裡餵食，等到牠把魚食吃光，再放回原來的魚缸內。

一日，我從隔室看他正小心翼翼地撈起魚，口中喃喃地念著：

「不怕！不怕！傻瓜！是給你吃東西呀！要不然要餓死了！」

然後，倒下魚食，叨念著：

「快吃！沒人搶你的……吃完再讓你回去哦！」

我冷眼旁觀，那般十分令人動容的溫柔動作和言詞，竟是我和他同居十多年所未曾見過的，他猛一抬頭，乍然見我正默然端詳，立即收拾起柔和的眼神，恢復平日理性的口氣，說：

「這條笨魚，不這樣餵，必死無疑！」

然後，撇下我錯愕的神情，昂首離開。

啊！這個男人，我想不明白。

——本文收錄於一九九七年十月出版《如果記憶像風》（九歌）

午餐的約會

外子上班的附近，開了家歐式自助餐店，中午時分，偶有聚會，他們便就近光顧，接連幾次聽他興奮地向我滔滔介紹：

「很不錯哦！又乾淨，又便宜，菜色也不少，同樣的價錢，很難在別的地方吃到。」

外子一向務實，依我對他的了解，他所說的諸多優點，解讀出來，重點就在「便宜」二字。憑良心說，我對他在食物上的品味缺乏信心，因此，只胡亂微笑、點頭，虛與委蛇。

一日，晚餐過後，他又舊話重提。說著，頓了頓，突然捨命陪君子似地朝我說：

「這樣吧！明天中午我們不是都正巧沒便當帶嗎？乾脆你開車過來，我就在那兒請你吃午餐，我們也好久沒有約會了。」

我吃驚地差點兒沒把手中正洗著的盤子打破。

結婚多年，記憶中，除了應酬及家庭式的聚餐外，他從不曾主動提出約會的要求，總要我再三暗示，甚至乾脆強迫他就範，他才被動地赴會，像這般主動地出擊，還真是破天荒第一遭。雖措詞仍有待加強，但總算是個良性的起頭，對我這一向要求不多的女子說來，真是莫大的榮寵。

第二天清晨，我們一起開車上班，有一種類似新婚的喜悅自心底緩緩升起，但我不敢高興得太明目張膽，因為眼前這位男子經過一夜好睡，不知是否已經忘記了昨日的承諾？我按捺住心頭的歡喜，和他一路言不及義地談著，已經到了，那人昂藏地提著公事包下車去了。

居然隻字未提約會的事！

我氣憤極了，外帶一些幾近悲壯的委屈。我立刻陰毒地決定在必要時機給予最嚴厲的報復。雖然一時之間無法想出如何歹毒的立即報復計畫，但女人一旦狠下心來，男人是鐵定沒好日子過了。就在我惡從膽邊生，從後照鏡看見自己邪惡的表情之際，卻也同時看見那可惡的男子在鏡中向我招手，我搖下車窗，聽到他若無其事地朗聲說：

「別忘了午餐的約會吔！」

偏是那日下課後，被兩位學生的問題困住良久，等到了餐廳時，已超過用餐的尖峰時段。服務生似解除警報般地正四下閒嗑牙，大部分的顧客已露出酒足飯飽的神情，懶洋洋地喝著咖啡，只有兩三位精壯男子還在所剩無幾的甜品間徘徊揀選。外子老馬識途般地瀏覽一番後，很遺憾似地過來跟我解釋道：

「今天來得稍晚了些，有些菜都沒了，原先不是這樣的，真的！本來還有熱騰騰的炒三鮮的……」

我急急地點頭，表示充分的理解。取食的當兒，他一路不停地向我抱歉著：「呀！菜都涼了，這道菜得熱熱地吃才好吃……啊，豬腳都沒蹄尖了！可惜……今天的青菜也不夠翠，真的，前幾次不是這樣的……」

我唯恐他壓力太大，不停地說：

「沒關係！我知道！實在來得太晚了。」

刀叉遍尋不著，找服務生幫忙，服務生姍姍來遲，外子又為此抱歉：

「怎麼會這樣，以前來都不是這樣的！可能他們以為不會有人來了……」

我說：

「不急！不急，橫豎我下午沒課，沒關係！」

吃過了正餐，外子在放置水果、甜品的桌前逡巡半晌，終於，挽起袖子，用杓子奮力在甜點的桶中挖掘半天，才勉強添了半碗西米露，水果則只剩下幾片柳丁。他沮喪地端了過來，搖著頭說：

「妳今天運氣真不好，我講了妳一定不相信，跟前幾次來，真的差好遠。」

他把裝著單薄柳丁的盤子和那半碗零落的西米露推到我前面，故意撫著肚子說：「不過，我還是吃太飽了！再不能吃了，這些妳吃吧！」

我微笑著接受，不跟他客氣，因為知道這樣做會讓他覺得比較安心。

他為自己倒了杯咖啡，慢慢啜飲著。我無意中伸手試了試桌上的花，是假的，趕快縮回了手，還是被他瞧見了，他苦笑著說：

「連花也是假的，真沒意思！上回來，我都沒注意到……」

「你犯不著為它抱歉呀！你又不是老闆。」

我本來想這樣安慰他，終究還是沒說。

在繚繞的咖啡香中，我瞇眼看著眼前這位不知是極力想證明自己抑或取悅太太的男子清純無辜的容顏，覺得自己居然有過嚴厲報復的念頭，真是可恥。

「我應該對他好些的。」我在心裡想著。

接下來的好些日子，外子仍舊為此事耿耿於懷，我為了私心裡不足為外人道的懺悔，總是在他懊悔搔首時，盡量在言詞及肢體語言上配合，務必讓他相信我完全對他的話深信不疑——那回餐廳中種種荒腔走板的情況只是個意外。

一個月後，外子帶回家來那家餐廳關門的訊息。再過沒多少天後的晚餐上，外子又開始滔滔地向我介紹一家名叫「傳說」的餐廳，接連好幾天，他說：

「很棒的喲！可以吃飯，又有好茶，屋內很多骨董擺飾，很典雅，很有特色，光聽名字就不俗氣，對不對？」

我支頤聽著，悠然神往，期待在「傳說」尚未結束前，會有一個比較美麗的邀約。

——本文收錄於一九九七年十月出版《如果記憶像風》（九歌）

汽車冒煙之必要

忽然接獲一位自稱是小學同學的女子來電，五十多歲的丈夫成天心情亢奮：

「說是轉班過來的同學，在生疏的班上，曾接受我溫暖的照顧，特別打電話前來致意。啊！我都不記得有這回事了，連曾經有過這樣的一位同學，都印象極為模糊，而她提起的幾個同班同學的名字竟也記不分明了！」

丈夫喜孜孜地轉述著。她不免起了疑心，這年頭，什麼樣希奇古怪的騙局都有，誰知道是不是詐騙集團的新花樣！丈夫聽她這一提醒，即刻轉換說詞，說是仔細一想，又彷彿有些印象了。

每隔幾日，那位女子就來一通電話敘舊，並要求見面，以當面致謝。由談話中，夫妻倆逐漸拼湊出女子的現況：是位因婚姻失敗而離群獨居的寂寞女人，企圖擺脫不堪的過去、重新建立新的人際網絡。女人咯咯的笑聲不時從電話中傳出，一向缺乏風趣的丈夫忽然在對談中變得幽默。基於對人性的粗淺了解，她和躍躍欲試的丈夫約法三章：

「這種寂寞的中年女人最麻煩、也最危險，你跟她見面，我不反對，但是，千萬別單刀赴會，要去，得帶著我同行。」

丈夫訕訕然，嘟囔著譏嘲她過慮。而因為忙碌，一直沒能敲定見面時間，事情彷彿就這樣被暫時擱置了下來。

一天，她在繁忙的工作中，抽空和丈夫通了電話，萬萬沒料到丈夫居然跟她說：

「她今早又打電話來，既然妳這麼忙，就不必刻意見她了。我已經跟她約好，由我搭車到桃園的某餐廳，一起吃個自助餐，跟她會上一面，就算了了一樁心事！老拖延著，也不是辦法，好像我們多跩似的。」

她嗒然掛下電話，覺得丈夫似乎言之成理，卻又好像有些不大對勁，想想，又說不上是哪裡不對勁。因為忙碌，無暇細思，也就將它置諸腦後。

那夜，丈夫遲遲未歸。她繞室徘徊，越想越焦慮。接近十點左右，才打來電話，說：

「我們吃過飯，才八點多鐘。她堅持送我到汽車站，沒料到迷了路又塞車，到車站居然都快十點。更氣的是，我搭乘的國光號汽車竟然半路開始冒煙，司機怕危險，把我們趕下車。我現在正在高速公路的匝道上，等著轉乘下一班的國光號，可能會晚一些回到家，妳別擔心。」

簡直像天方夜譚！事情還真是湊巧！塞車之說，就算合理；在地人迷路的可能有幾分？車子半路冒煙的可能性又有多少？而三者同時發生的機率，不是和被雷打到的機率不分上下嗎！怎麼偏都發生在這個節骨眼上！她悶聲不吭掛下電話，一股無名火從心裡直往腦袋竄出！

「汽車冒煙？我看是你的心裡冒煙哦！」

她冷笑著，揶揄著回到家的丈夫。丈夫駭笑著，四兩撥千斤：

「事情還真是湊巧！若不是身歷其境，連我都很難置信，妳不肯相信，也在我預料之中哪！」

那晚，她輾轉反側，半夜偷偷起身，想查看丈夫的通聯紀錄，竟然遍尋不著他的大哥大。疑竇更生！難不成丈夫將電話藏起？她躡手躡腳靠近床邊翻找，男人轉身，含糊問她要幹什麼？她不好意思回答，只好作罷。

第二天，發現丈夫的大哥大大剌剌躺在客廳。下午，丈夫在大哥大的電話簿裡，赫然發現女同學的名字已然被修改成了「妖精」。

——本文收錄於二〇〇六年一月出版《公主老花眼》（九歌）

天秤座的丈夫

結婚二十年，一切變得老舊，毫無新鮮感。她決定房子翻修後，將所有家具悉數汰舊換新。丈夫雖然覺得棄之可惜，卻也沒有太激烈的異議。兩人相偕到五股紐約家具中心選購。男人決定往便宜的國產區塊看去，她建議直探高價位的進口貨。兩人在分水嶺地區談判，她辯才無礙，威脅利誘：

「要買就買最好的，尤其彈簧床和沙發，一天大半的時間都耗在上面，品質何等重要！千萬別貪便宜，因小失大。」

接著，抬出失眠的殺手鐧，威脅如果買到了廉價床鋪而導致更嚴重的失眠，一定得有人全權負責。一想到平白得為無可救藥的失眠負責，男人嚇得趕緊閉了嘴。

售貨員舌粲蓮花，推銷價值不菲的所謂「獨立筒」床墊，說是無論如何在上頭反覆，都不會妨害枕邊人的睡眠：

「因為它的彈簧是各自獨立，不相連屬的，跟傳統的床墊完全不同，失眠的人最受用。」

售貨員肯定是一眼看出了她的黑眼圈，馬上對症下藥。儘管售價高出一般床墊數倍，她一聽到床墊居然擁有現代女性極力標榜的「各自獨立」的特質，立刻肅然起敬，二話不說，爽利買下。

接著，有一對眩惑酒窩的推銷員，以不懈的鬥志和燦爛的笑容攻勢，成功推銷了一套價值不菲的咖啡色小彎牙圖案的西班牙沙發給她。那天黃昏回家時，她躊躇滿志，丈夫則顯得氣血耗弱。

購買新家具的喜悅在睡了一夜之後變色。獨立筒雖然各自獨立，卻鬆軟如無骨，翻來覆去躺了一夜，次日全身痠痛難當，而身側的男人果真渾然不覺。

她成天嘟囔著遇「床」不淑，獨立的床墊讓她渾身不適，終於在一個月後的某個時機醞釀成熟的午後，床墊被忍痛撤換成非獨立的硬式，賣床墊的男子狀似慷慨地說：

「床墊過了保固期，形同廢棄物，無法折抵任何價錢。不過，為了服務顧客，我們願意在運送新床墊過去的同時，免收棄置費用，將它一併運走。」

男人還在為損失不貲而扼腕，她卻又開始為沙發的不符人體工學所導致的腰痠背痛而絮絮叨叨：

「遲早要丟掉這套害人的沙發！我們不該為了心疼金錢而壞了兩人的脊椎。」

男人喃喃辯解他個人毫無脊椎方面的疑慮，努力為沙發的命運力挽頹勢，一口認定她的痠痛另有緣由，非關沙發。她則誓言捍衛堂堂正正做人的正直脊椎，不惜賠上敗金女的形象，在適當時機與新沙發決裂。

一日，在朋友聚會的場合，一位星座專家為眾人解析繁複的星座速配論：

「天秤座的男人像沙發，坐起來很舒服，很讓人依賴。可是，妳一直在沙發上坐下去，就鐵定會讓妳腰痠背痛！」

寥寥數語，如雷貫耳，驀然解開了她幾個月來糾葛難解的心事。原來，讓她腰痠背痛的，既非獨立床墊，也不是西班牙式沙發，根本是家裡那位天秤座的男士。她立時陷入兩難，是該繼續忍受身體的折磨？抑或逕自壯士斷腕地丟掉肇禍的老舊丈夫？

——本文收錄於二〇〇六年一月出版《公主老花眼》（九歌）

彎彎曲曲的心事

吃過午飯，她在客廳蹺著二郎腿看電視。男人從廚房衝出來，朝她說：

「我被燙到了！」隨即沒入浴室內。

「哦！」她懶洋洋地回應著，心裡想：

「這有什麼好大驚小怪的！在廚房燙傷的經驗，你還會比我豐富嗎？」

水聲嘩嘩！兩分鐘左右，男人從浴室出來，又說：

「好痛啊！」

她的眼從電視螢幕挪到男人身上，燈光照映下，男人低頭用手拍打了一下頭髮，像煤灰般的大量細屑竟應聲灑下。她嚇得跳起身，原來頭髮、眉毛、鬍子都被燒焦了！臉也紅通通的。她迅速衝向前，到底怎麼了？男人用雜亂的邏輯敘述事情的原委：因為用充灌小瓦斯爐煮咖啡，部分溢出的瓦斯游移空氣中，點火時，竟然大片引燃，燒燙了左手及顏面。她細細盤點傷痕，判定非送醫不可。

開車途中，她自責再三。就因為撒嬌說「飯後若能有一杯咖啡喝，那就太幸福了！」男子便踱到廚房去成全她的心願，因為一杯咖啡，險些成為烈士。

「幹嘛呀！為了酗咖啡，讓男人毀容，實在太可怕了！從今以後，非戒掉咖啡不可！這害人的東西。」她信誓旦旦，又心亂如麻。

急診室內燒燙傷沖洗室內，她拉著兩條水管對著男人沖了半小時冷水。每一位經過的醫生、護士，甚至工友，不管相不相干，全都好奇地問起肇禍的原因。男人一身狼狽，她一一代答。每答一次都比上一回更詳盡、更周延，最後，她簡直確信自己是親眼目睹了。

不幸中的大幸！醫生說。回家的途中，男人翹著腫得厚厚的唇，坐在車上沉默著。幸而只燒焦了半邊臉及一隻手，她不再堅持戒掉咖啡，說：

「回去第一個動作就是丟掉小瓦斯罐！太危險了！以後咱們換用滴漏式咖啡壺煮，雖然味道差些，就將就著喝吧！」

虹吸式咖啡一向是他們的最愛，然而，安全第一，絕對犯不著為了喝一杯好咖啡毀容！

回到家，收拾殘局。廚房內，方才的局面猶在，咖啡粉依舊在玻璃漏斗裡靜靜躺著。經過剛才那一驚嚇，還真需要一杯香醇的咖啡來壓一壓驚。她遲疑了一秒鐘，決定還是冒險把咖啡繼續煮出來：

「最後再用一次吧，就不信會那麼倒楣！……爐子就等明天再扔好了。」

她自言自語。小心翼翼的，兩杯香濃的咖啡出爐。男人沒拒絕，一邊喊疼，一邊將它喝完。

沒多久，水泡在手臂上驚人地隆起！唉！這要命的爐子。男人哼哼啊啊的，約莫三個小時後，忽然在一不留神間安靜下來。

「不疼啦？」

「好多了！」

她鬆了口氣，覺得瓦斯爐不再那麼該死，便朝男人說：

「其實，只要小心一些，應該也不會有什麼大問題才是。平白把個好好的東西扔掉，未免太暴殄天物了。」

男人躺著，苦著臉，扶著受傷的手，沒說話。

第二天去門診，醫生說：「小 Case，時間會解決剩下的問題。」她完全放心了！忽然狂熱地想喝一杯咖啡。她跟往常一樣，一派輕鬆地衝進廚房，點火，燒煮，不旋踵間，端出兩杯咖啡，邊喝邊埋怨男人說：

「你啊！做事就是不可靠！哪裡是咖啡壺或瓦斯罐的問題，壓根兒就是人謀不臧！像你這樣粗心大意，燒傷了手事小，哪天把房子燒掉了才真是要命！」

——本文收錄於二〇〇六年一月出版《公主老花眼》（九歌）

農民曆與咖啡

一場罕見的大地震，嚇得台中地區的居民寢不安蓆。為了減低老人家的不安，我特別將母親從台中接到台北避避風頭。一日，也住北部的小哥，不知何故，突然興起安置祖先牌位的念頭。母親知道後，露出地震後罕見的笑容，欣慰地說：

「我本來也不想勉強他，香火一直由妳大哥和二哥負責祭祀。我以為妳小哥新派，不肯祭祀了哪！沒想到他居然主動提起，我實在極歡喜咧！」

我以為設置祖先牌位是一件簡單的事。不過是拜一拜後，告訴祖先台北的地址，或親自去請祖先隨行。哪知道，還得先看日子、備置各色祭拜物品、在紅紙上抄寫來台後的各代祖先姓名……等，還頗費周章的。

回台中邀請祖先北上的前幾天，二哥忽然打電話來，說：

「台中的風水先生說：星期六的日子不好，怎麼挑大凶的日子安香！」

我懷疑北部和南部的風水先生看的是不同的農民曆，被媽媽白了一眼、斥為無稽。

但是，媽媽也急了！連忙問外子要農民曆。外子說：

「啊！家裡沒有農民曆哩！」

急性子的媽媽朝我說：

「去書店買一本吧！」

我看了下時間，晚上快十點了。回說：

「明天再買好了！今天已經太晚了，書店要關門了。」

媽媽一聽，火大了。生氣地說：

「是安怎厝內沒一本農民曆！沒農民曆是要安怎過日子！」

我啼笑皆非地回說：

「是你們才需要農民曆，我們要農民曆做什麼！我們又不拜拜，又不……」

媽媽更氣了！她想不透沒有農民曆的人家是怎麼一回事。嚴厲地教訓我：

「哪裡只為拜拜！沒有農民曆，如果妳要去給人探病，妳哪知是吉抑是凶！萬一日子不適合去探病，妳去了，把對方給探死了！抑是把自己身體給打歹去！不是很不值嗎？」

因為沒有農民曆，母女二人的談話不歡而散。更嚴重的是，次日，媽媽無視於仍舊不斷的餘震，堅持回台中去。沒有農民曆，讓她很生氣！儘管天一亮，她的女婿便四處去打聽、購買，並且一口氣連明年的農民曆都買回來，仍不能改變她氣得火速離開的心意。我猜測，或者她是為著畢生的信仰不被尊重而惱怒著。我雖然裝出最璀璨的笑臉，百般賠罪，承認沒有農民曆確實對生活造成極大的困擾，媽媽還是生氣地走了！我坐在客廳裡，覺得沮喪極了！日日噓寒問暖、晨昏定省，居然抵不過缺少一本農民曆的缺憾！

兒子上學回來了！看我一臉懊惱，問我發生了什麼事？我將事情原委簡單說明過後，感慨地說：

「希望我老了以後，不要變成這樣！就為了一本農民曆和你生氣！」

兒子大笑起來，甜蜜地說：

「媽！您不會的啦！放心啦！」

我聽了大感欣慰，感謝兒子對他媽媽的開闊胸襟有足夠的信心。哪裡知道，他居然接著說：

「妳不會為了一本農民曆生氣的！將來，妳只會到我家，對著我生氣地吼：『哪有人家裡沒有咖啡的！沒有咖啡怎麼能過日子！現在還有人家裡沒有喝咖啡的嗎？你們實在很奇怪哪！』」

——本文收錄於二〇〇〇年八月出版《讓我說個故事給你們聽》（九歌）

母親的求知慾

年高八十二的老母親，在兒女家中輪流居住幾年後，忽然痛下決心，要搬回老家獨居。不顧兒女的反對，她吩咐水電工人裝修，商請清潔婦清掃，手腳麻利地整理細軟，沒幾天功夫，已然堂堂進駐。我們遊說無方，只能邊嘆氣，邊加入協助行列。

幾天之後，母親從中部打來電話，希望我能提供她一本字典。她說：

「以前，記帳的時陣，不會的字，可以問汝。現在，只好靠字典囉！」

母親的帳簿記了將近四十年，積累了近四十本。裡頭記錄了每天的菜錢、爸爸的薪水、我們給她的生活費、兒女們逢年過節致贈的禮金。鉅細靡遺，涵括中文、日文及一些有趣的圖案。每隔一段時間，她就會問我一次「鵝肉」的「鵝」字怎麼寫，「金鍊子」的「鍊」字的筆畫。如果我們都不在家，她通常會自力救濟，寫出一個筆畫短缺的形似字。這回，她下定決心求知，我不知道應該給她一本什麼樣的字典才合適。她沒學過注音符號，也不知道如何查部首，更不知道什麼是切音，四角號碼也不懂，什麼樣的字典可以讓她查到她所想要知道的字呢？當她想寫「雞蛋一斤」，卻想不起「雞」字如何寫時，有什麼樣的字典能幫助她呢？我委婉地告訴她：

「字典無路用啦！汝既然不會寫，是要如何查？」

在電話裡，母親的語氣顯得有些不高興。她回說：

「就是不會寫，才要查字典啊！我如果會寫，要字典做啥！字典不是就是給人查的嗎？」

對啊！字典不就是給人查不會的字的嗎！我一時啞口無言，不知如何應對。只囁嚅地說：

「話安捏講是無不對啦，但是，汝完全不會寫，就沒辦法咧！而且，汝也不會注音符號……」

母親以為我瞧不起她，悻悻然掛了電話。臨掛電話前，還生氣地說：

「哪會這尼奇怪！我只是想要查幾個字而已，我也不是完全不認得字！大概的形，每字我攏嘛知，會有多難！」

老人家獨居，我怕她心情不好、影響生活品質。也顧不得其他，請女兒飛快給她郵寄了本《國語日報辭典》。

幾天之後，我們回到中部去探望她老人家。那本辭典被擺在抽屜的角落，夜晚，母親記帳時，我發現她並沒有向辭典尋求幫助。問她，她納悶卻又理直氣壯地回說：

「正經無法度查哪！實在有夠奇怪！我如何想攏想未通，不識字的人就沒辦法查字典，那字典是要賣給誰？識字的人，伊哪有需要買！笑死人，發明字典的人實在有夠憨槌哪！」

我不敢置一詞，只斜肩諂媚，附和著說：

「是呀！實在有夠憨槌！憨到不會扒癢！但是——」

我賣了個關子，接著說：

「但是，汝若是完全無財產的散赤人，也免想銀行會借錢給汝。向銀行借錢的人，大部分攏嘛是有錢人！」

母親這會兒忽然變聰明了，她馬上警覺地陰陰睨著我，說：

「汝這陣係在講，我是無智識的人，完全不識字，是嘸？」

我一句話也不敢搭，落荒而逃。

——本文收錄於二〇〇三年十月出版《不關風與月》（九歌）

佯裝痴呆

老人的固執與執拗，從母親身上充分見識。她說她不想再於眾兒女家中來回奔波，已厭倦如逐水草而居的生活。我說：

「那就別搬了！就固定住我這兒好了。」

她不肯，說沒這道理！又不是沒兒子，怎就該住女兒家！左勸右勸，她就是堅持要搬回老家獨居。拗不過她，只能負氣隨她去了。其後，每日例行電話問候裡，母親顯得萬分自在愉快。我開始思索先前的考慮或者仍有斟酌之餘地。既然居住在她熟悉的屋子，讓她有踏實的安全感，我們又何忍假安全之名，強迫她老人家過著不自在的生活！

於是，我開始展開另類思考：也許為她找個外傭陪伴，兼烹煮、清潔工作，可解除我們的懸念。然而，這樣的想法馬上被潑了一盆冷水，聽說雇用外傭的資格嚴苛，除了殘障之外，無論年紀若干的老人家，只要能夠走動或神智尚且清楚，都不能申請幫傭。

母親雖然年過八十，卻仍耳聰目明，看來毫無指望。我心裡難免憤恨不平，老聽說這個、那個電視台年輕主播的兒女交由外傭照看，怎麼老人家反倒不行！老人家雖然表面上看起來健康，但各項器官相繼老化，血壓、血糖、膽固醇、三酸甘油脂幾乎無一不是問題。早晚吃進去的大把藥丸，每一顆都分別負有維護身體某個特定器官的任務。再加上健忘、容易跌跤、反應遲鈍，若無人隨侍在側，其實是危險重重的。

既然不願雇用非法外傭，或者為她尋找一名同居者，會是個好主意。於是，我在台中布下天羅地網，請求台中地區熟識的教授，幫忙在學校放送消息，徵求以簡單清潔工作換取住宿的大學生房客。或者由於住處離學校尚有一段距離，並無任何回應，讓我們感到非常失望。

一回，閒談之際，朋友建議我們回頭設法找外傭。她並傳授我們申請外傭的祕訣說：

「其實，只要商借一張輪椅，讓妳母親坐上。推到醫生面前，讓妳母親佯裝痴呆，他每問一句，妳母親只要露出迷惘的表情，眼神渙散外加口齒不清地重複醫生說的最後一兩個字，鐵定萬無一失！」

我覺得這個主意真是不錯！在我看來，裝個傻，便可以申請個外傭來，這算盤不賴。誰知，當我和母親商量時，她竟然非常不高興地說：

「人家醫生讀醫學院，智商攏馬極高，伊也不是憨人！親像我安捏巧巧的人，目神看起來就極聰明咧！伊哪會看未出來！」

「就當作是演戲嘛！就是因為汝極聰明，才有可能要求汝裝憨人！要不，哪有可能騙人！汝想看咧，若是正經老年痴呆症的人，哪有可能讓伊乖乖坐在輪椅上裝猶仔！對否？」

她抵死不從，一直強調以她的聰明睿智，醫生必然從眼神中即可窺見！不管我如何苦口婆心地哄勸，她就是不肯就範！我徒勞無功，有點兒洩氣，又有點兒不甘心！明明很簡單的事，為了爭面子，就是不肯委曲求全！我負氣地跟母親說：

「若無，安捏好啦！我坐輪椅，汝來推！我來裝痴呆，汝看安怎？」

母親居然狠毒地回說：

「親像汝會想出這種憨步數，我看汝免裝，就已經極像了！」

——本文收錄於二〇〇三年十月出版《不關風與月》（九歌）

生日禮物

男人的生日快到了。媽媽和兒子商量，男人辛苦了大半輩子，應該得到一份像樣的禮物。買什麼禮物比較好呢？兒子想了半晌，支著頤說：

「這樣好了！送爸爸一台麥金塔電腦，讓他練習用電腦處理畫作。最近，爸爸不是到處寫生、素描嗎？如果熟悉電腦影像處理方法，將作品作進一步的修正、上色，甚至設計，可以讓簡單的作品以更豐富的形式呈現！真是棒呆了！」

「真的嗎？是他需要？還是你需要？」媽媽賊賊地反問。

兒子笑著說：

「拜託！我在學校用就行了，雖然我正上『影像處理』課程，但是，我們學校的設備有多棒妳知道嗎？」

對電腦一竅不通的媽媽，終於被兒子遊說成功！爸爸聽說了，既安慰又開心。三人聯袂到專賣店看貨。店裡的老闆一副忙得不可開交的模樣，似乎生意挺興隆的。

「要買麥金塔？時機不錯！再過一陣子，鐵定漲價……買了麥金塔，得配合著再買專用印表機，否則顯示不出原本的精密度……另外，買了掃描器沒？什麼牌子？啊！太可惜了！如果配上專用掃描器，效果會好上百倍。」

就這樣，口沫橫飛地慫恿加威脅利誘，媽媽咬咬牙問：

「如果全套設備齊全的話，可能總共需要花多少錢？」

價錢出來了！十多萬。大夥兒都吐了舌頭。爸爸急忙說：

「這麼貴！不必了！不過是個小生日罷了。等我真正有需要時，再買好了！」

兒子不以為然，誠懇地說：

「什麼時候才叫做『真正有需要』！工欲善其事，必先利其器！設備完善了，你自然就會用它，也才會想要去學。爸爸就缺少這樣的驅迫力啦！媽！買啦！買啦！爸爸生日欸！一輩子辛辛苦苦的，難道不值十幾萬！」

大帽子這麼一戴，不買似乎顯得人情不夠通達。反正可以刷卡，刷了再說。

全套設備搬回家中，爸爸一向對機器不甚在行，不大會操作，禮物倒比較像是送給兒子的。出錢的媽媽過了熱血奔騰的衝動期，想到那一大筆開支，開始嚴重心疼並埋怨始作俑者的兒子完全不知民生疾苦。說著，說著，一眼瞥見牆上的月曆，突然想到，兒子的生日不就也快到了嗎？於是，靈機一動，半商量、半耍賴地和兒子說：

「都是你啦！買這麼貴的東西！爸爸也不大用，倒便宜了你。這麼貴，就算是兩份禮物也要不了這麼多錢……這樣吧！再過兩個月，不就是你的生日了嗎？這全套設備就算是你們兩人的共同生日禮物吧！你看！都是你在使用啊！對不對？」

兒子露出一副不可思議的驚訝表情！雖然一句話也沒說，不以為然的意思卻很明顯。

第二天晚上，忘了為了什麼事，兒子用摩托車載媽媽經過夜深的台北街頭。媽媽看到街角點著亮晃晃燈泡的賣花生、菱角的小攤販，在摩托車後座上大聲嚷嚷：

「啊！菱角欸！菱角！停一停啊！買一些菱角吧。」

「太晚了！吃了不消化！不買。」兒子毫無商量餘地地飛馳而過，說話的教導口氣倒像他才是媽媽！坐在後座的媽媽也只能扼腕嘆息、徒呼奈何！暗自生氣「兒大不由娘」！

翌日下午，接近下午茶時間，兒子回家。手裡拎了個塑膠袋，朝媽媽說：

「哪！妳最愛吃的菱角！喝下午茶時配咖啡，新口味哦！夠意思吧。」

容易感動的媽媽，差點兒為這份體貼的心意感動得流淚。她立刻將昨夜兒子絕塵而去、不肯聽話買菱角的行為作三百六十度大轉彎的詮釋：

「真是孝順的孩子！昨晚果然真是為媽媽的健康著想哦！」
於是，媽媽滿懷感激地剝開菱角往嘴裡塞。這時，兒子卻接著賊賊地說：
「哈！哈！別忘了！這是妳明年三月的生日禮物哦！」

——本文收錄於二〇〇〇年八月出版《讓我說個故事給你們聽》（九歌）

瞎操心

暗中較勁

朋友從加拿大來，我們請他們夫婦小聚。談起兒女，彼此都有說不完的話，抱怨中夾雜著驕傲。

朋友的女兒，原本在加拿大的藥商擔任行銷工作，年薪及分紅都相當可觀。「好端端的，居然先斬後奏，把工作給辭了，自己開了家咖啡店。」朋友嘆了口氣。

「真讓人羨慕啊，這是許多年輕女性的夢想啊。我本來也想早早退休，弄一間咖啡店玩玩。」我讚歎著。朋友只差沒翻白眼了，我假裝咳嗽，掩飾尷尬。

「幸好沒賠錢。」朋友的丈夫趁隙補充說明。「豈只沒賠錢，根本是賺了好多錢。重點是，她又沒結婚，賺那麼多錢做什麼？」朋友恨恨地說。

原來，關鍵點出現了，朋友為女兒還沒結婚操心著。為了轉移這個讓全天下母親揪心又無奈的話題，我只好也把女兒捉出來墊背再抓兒子出來罵一頓：

「我女兒也還沒結婚，現在的孩子不都一樣！兒子居然在工作十分順遂的當兒，忽然把工作辭了，跑到南美去了一年。」

「去工作？」朋友問。「去工作就好了，說是去『壯遊』，思考他的人生當往何處去。」「這在歐美很流行的，他們往往畢業後還沒工作，就到世界各地去看看……後來，他想出來往何處去了嗎？」朋友好奇地問。「不知道。」我無奈地答。

「後來呢？回來之後做什麼？」朋友追根究柢。「回來以後，又被原來的老闆找回去。」「哦！」朋友明顯鬆了一口氣，彷彿覺得他們贏了，至少他們的女兒賺了很多的錢。

為了朋友遠道歸來，不忍掃興，也為了家裡也有一個待嫁女兒，將心比心，我忍住了一句話：「可是我兒子結婚了，而且生了孩子。」

瓊瑤的小說忽然躍上腦海

講到女兒的終身大事，我常露出一點都不在意的模樣，說：「現在不婚族那麼多，不急，慢慢來。萬一嫁了個難搞的男人，才是大麻煩，不如不嫁。」雖然也是由衷之言，但實際上，卻偶爾會在平日的言談中瞎操心地露了餡兒。

幾天前，女兒夜裡十一點下班，忽然在十一點十分左右打電話回來，說是出了小車禍，摩托車被轉彎的小轎車擦撞，跌下時被自己的摩托車壓傷。幸而只是皮肉傷，但為安全計，到馬偕急診室檢查，會晚一點回家。因為她言語清楚，強調只是皮肉傷，我遂放下心來。「要不要我們過去陪妳。」我問。「不用！肇事的先生也陪著來了。」

瓊瑤的小說忽然躍上腦海，我本想問她一連串的連環問題：「肇事者結婚了沒？……幾歲？……在哪裡工作？……家住哪兒？……這麼晚了，要不要一起去吃個宵夜？」女兒也許洞悉了我的心事，搶先說：「肇事的先生跟他的太太都跟來了。」我一聽，立刻灰了心，惡聲惡氣地說：「我不是跟妳說要小心一點嗎！記得早點回來。」

其後，跟朋友煲電話，忍不住跟她說了這個笑話。朋友笑說：「兩年前，我先生發生車禍，那位肇事者，送他回來，又再三探問，真是個誠懇又周到的年輕人，如今已經很難得看到這麼好的人了。」

我忍不住問：「那位年輕人結婚沒？」「好像還沒。」我幾乎是不滿了：「那妳這阿姨是怎麼當的！這麼好的年輕人都沒想到我們女兒？」朋友大笑：「這話妳兩年前說過了！」

「什麼！都說過了，還不聞不問。」我更不滿了。「我覺得還沒有達到能匹配妳女兒的程度，只是誠懇而已。」「誠懇是何等珍貴的品質，妳沒牽線，怎知配不配？姻緣有時就是這麼神奇的。」

「那……那我是不是再去問問？」朋友被逼得走投無路，囁嚅地說，然後，掛下電話。

那一剎那，我真是羞愧地無地自容。我是怎的，莫非瘋了？

做母親的

老家遭竊，管區警官在我們遭竊報案後的五分鐘內抵達，問東問西：「丟掉了些什麼東西？」「你們最後一次在家的時間是哪一日？」「你們何時發現遭竊？」……我們都據實回答。

警官很年輕，長得很端正。空檔時間，我大嬸病又發作，忍不住問他：「你看起來滿年輕的，幾歲啦？」警官沒提防，回說：「三十幾了，不年輕了。」三十幾！太好了。見獵心喜，忙問：「結婚了沒？」「還沒。」說完，警官忽然起了戒心，反問：「咦？現在不是該由我來問案情，怎麼變成妳問我？」

我看了一眼坐在旁邊的女兒，感到難為情極了。我這是怎啦，就算女兒還沒出嫁，做母親的，哪就該露出這等猴急樣呢？於是，我不好意思地轉移話題：「偷了好多東西，幸而沒偷走院子裡的芒果。」警官轉頭朝外看，燈光下，幾十顆尚未成熟的芒果無辜地呆掛著，他也搭腔道：「這季節荔枝盛產，我們局裡有民眾送來了好多荔枝，一箱一箱的，吃到大家都快流鼻血。」

除了流口水外，一句話被硬生生擋在舌根下：「吃荔枝的事我們能不能代勞？警察局位於何方？就別再管這個偷兒了，讓我女兒跟著你馬上過去搬荔枝吧。」

做母親，真是不容易。愛操煩是全天下母親的通病，尤其是兒女的嫁娶問題，不操心者幾稀。我忽然回想起更久遠的過去，我達適婚年齡的時候，母親每個週末強迫我回去相親的往事。

當時，相親對象從醫生、老師、工程師、公務員到軍人……不知母親從何處搜集出偌多的未婚男士。我若在電話這頭稍有躊躇，她立刻嚴厲訓斥：「有才調，汝自己來；哪無，就聽我的。」彷彿沒結婚是能力薄弱的證據。

當時心高氣傲的我，遇到如此強勢的母親，也不得不屈服；每個星期像排定的課外活動般，週末就返鄉相親。現在回想起來，那真是折騰人的過程——相似的台詞，僵化的笑容，無聊的應酬語，然後，不是你被否決，就是你否決別人……最後，乏了，索性賭氣地隨便湊合著隨順了其中一人，就完成了終身大事，像一場人生的豪賭。

凡是賭，就憑運氣，說起來我的運氣還不錯，有母親為我操心張羅，讓我有機會拿到一手還不錯的牌；如今時代翻轉，個人主義興起，誰還作興相親！何況就算相親依然風行，身為人母的我，又去哪裡搜集那麼多的男子來跟女兒相親呢？

當年，我母親對我婚事的操心與我如今對女兒的操心應無二致，逢人就捕風捉影，想著為女兒撒網捕人。但母親和我最大的不同，相信也是關鍵的所在，就在於我空有漫天的幻想，她卻劍及履及，有高度的實踐力。

再仔細想下去，當年那些少說二、三十位我週末約會的對象，難不成都是她從路上的車禍或家中的竊案或其他的偶遇或外遇裡尋來的？

想到這裡，不由得要跟我娘說聲：「真是辛苦您了！媽媽。」也要轉身跟女兒說句：「對不起！我做得不夠……但話說回來，這事也怨不得別人，誰叫妳娘沒有我娘厲害。」

——本文收錄於二〇一五年一月出版《老花眼公主的青春花園》（天下文化）

挨打記事簿

小時候常挨揍，幾乎無日無之。

鄉下地方殺雞殺鴨是盛事，務農家庭藤條多，堂嫂每每將這兩件事合併處理，於是，一條條藤條緊緊綁上漂亮挺拔的公雞毛，就成了現成的清潔工具——雞毛撢子。除了撢灰塵、清家具之外，雞毛撢子在吾家有另類用途——打孩子，台灣話叫「一兼二顧，摸蛤仔兼洗褲」。家裡的每一個角落，幾乎都有一支，母親抄起來極其方便，可苦了腦筋打結的我。

母親過世後，姊妹聚談，我老好奇請教她們對挨揍的記憶，不知是姊姊們善忘，或者我太愛記仇，總之，好像只有我時時叨念，記憶像一口深井，越往裡挖，越深不見底，也越來越為黑暗。於是，我決定破釜沉舟，來個大掃除，好好將挨打原因徹底理它一理。拿出做研究的精神，先買一本記事簿，在記憶裡海撈一番，再一章一章記下。前塵往事於是一一浮現：

記事簿上的第一章，題曰：「模糊是非對錯的扞格」。明明在學校裡受了委屈，回家哭訴，卻又被母親毒打一頓。記憶中，母親老是覺得我所有傷心欲絕的事都很無聊，譬如：有同學造謠：「廖某人因為送音樂老師禮物，才當上學校指揮。」或「學校總值星官在升旗台下看到台上指揮廖某人的內褲」我氣哭了！媽媽說：「有就有，沒有就沒有，有什麼好哭的，莫名其妙。妳有送禮給老師嗎？……看到內褲又怎樣！」我為了母親語言中所透露的輕蔑，更加生氣，哭得更傷心，自然引來母親的不耐煩，少不得一頓竹筍炒肉絲。

同學為了留作紀念，在不提防間，將我的辮子剪掉一大段，讓我因此披頭散髮。我一路啼哭著回家，見到母親時，悲傷的情緒一發不可收拾。母親卻認定我一定是隨便跟同學開玩笑，才會導致這樣的結果。我不但得不到意料中的安慰，反倒雪上加霜地被冤枉，上到閣樓去哭到地老天荒，執意不肯下樓吃晚飯。母親一向強勢，豈能容忍這樣的撒野，當場又勞煩雞毛撢子出馬去請我下樓。類似的扞格，幾乎天天出現。前者是對清白認知的誤差，照說母親應該欣慰孩子捍衛名節的苦心，但我的母親不來這一套，她相信「清者自清、濁者自濁」，更確切的說法是，她壓根兒覺得那些都是小孩子的把戲，懶得搭理；而無端剪人辮子的孩子，何等可惡！母親不跟我站一邊也就罷了，竟然還懷疑我素行不良。這口氣真是讓人嚥不下去！可是，母親的強勢作風，強壓我的反彈，養成我徹頭徹尾的懦弱無能。於是，被封不雅的綽號哭，被同學孤立也哭，被老師強迫跟討厭的同學握手更哭……我不敢據理力爭，更不敢隨便回嘴，一肚子委屈盡化為流不完的淚水。母親強悍勇健，像鯀一樣，屢屢用鞭子防堵我氾濫的眼淚！

挨打記事簿裡的第二章：「打壓強烈閱讀的慾望」。在大力推廣閱讀的現在，一般人一定無法想像看課外書居然會挨打！那年頭，普遍貧窮，除了知識份子的家庭外，買課外書根本是奢想。但酷愛閱讀的母親，不知從什麼時候開始，一直在小鎮上一家租書店裡租書、看書，將生活中不如意的現實全寄情於書本裡的超級浪漫傳奇。那年頭，聯考的威力，跟現在沒兩樣。加上當時社會上普遍還沒有「閱讀可以幫助作文得高分」的共識，除了教科書及相關考試的參考書，其餘一律都在禁止閱讀之列。嗜書成痴的我，豈肯安分守己，總是想盡各種辦法找書看，而母親央我去租來的言情小說當然得先睹為快！無論如何被警告、如何挨揍，還是沒有一本書能逃過我飢渴的眼睛。這些書，滿足了我的心靈，卻害慘了我的四肢。媽媽的藤條打了又打、抽了又抽，我的四肢腫了又消、傷口好了又爛，媽媽總在放下鞭子的那刻，無奈地罵道：「汝敢是畜牲！為什麼千教、萬教，就是教未變！」好讀不倦的我，若是在現在，鐵定不是獲得教育部頒贈的勤學獎章，就是取得圖書館 Fun to read 的榮耀證書，成為被大力褒獎的模範生，可惜了！我生不逢時，愛看課外書的結果就只能挨揍。

挨打記事簿裡的第三章，更加血淚斑斑，題名：「摧毀敏慧多情的天性」。

我打小愛哭，抽咽、流淚、噭哭……常常視情境輪番上陣。我的小哥比我長三歲，天生淘氣，只要從我身邊走過，不拉一下我的小辮子或馬尾，就感覺不順心似的。我平白被欺負，追也追不過，打也打不贏，小哥拉完辮子，一溜煙跑了，我唯一的抗議就是哭泣。家裡孩子多，母親太早為人母，既缺乏耐心，也完全不知教養理論。面對繁雜的家事，早已精疲力盡；聽到哭聲更加失去耐性，誰哭、誰惹她心煩，便抄起藤條打誰，她才沒時間、也沒精力搞清楚來龍去脈。斯巴達式的威權教育輕易就搞定讓人心煩的哭聲。而我明知哭泣無用，卻止不住辛酸的淚水，平白又被打了一頓，真是雪上加霜。在我們家，沒有所謂的「公平正義」。

另外，奇怪的是，每遇黃昏，坐在門檻上往外望，看到在村子裡，家家戶戶炊煙裊裊，無來由的，我就心慌意亂；尤其看到倦鳥掠過天際，燕行歸巢，喉頭就開始哽咽，抽抽咽咽的。一開始，母親還頗詫異，因為新鮮，所以溫言詢問、勸慰，幾次下來，不堪其擾，「到底是在哭啥啦！死囝仔！給我閉上嘴巴，汝係要哭死才肯停嗎？」我卻只是哭，也知再執迷不悟地哭下去，藤條勢必出巡；然而，情緒就是沒辦法轉移，一邊哀哭泣，一邊急急求饒：「妳就不要管我啦！讓我哭啦！我就是想哭啦！無法度啦。」可想而知的，結局還是悲劇收場，和藤條一逕綢繆到底。而我，不只見歸鳥哭；起床楞坐見窗櫺邊螳螂項折而死也哭；看完歌仔戲的悲劇結局，回家後，躲在房裡傷心，也哭；偷看生離死別的愛情小說更是哭個沒完；傷心之餘，進而閉門謝客，拒絕吃晚飯的戲碼因之不定時上演，媽媽只差沒踹門捉拿，氣得她張牙舞爪！

如果我生長在知識份子的家庭，那樣的我，也許會被歸類為敏感多情，接受百般的呵護，家長可能竊喜將出現一名像維吉尼亞‧吳爾芙一樣的名作家。可惜我母親雖然看遍了租書店裡的世界名著，卻從來沒有做過相關的聯想，她就直覺這孩子莫名其妙！無非就是皮癢、欠揍！

挨打記事簿裡的第四章，題名：「扼殺影壇閃亮的明星」。我不得不承認在這一點上，我的行止確實有些誇張，但應該仍屬大人能夠容忍的範圍。

那些年歲，正風行黃梅調。大街小巷，充斥著「遠山含笑」、「十八相送」、「樓台會」、「遊龍戲鳳」……的旋律。凌波風靡全台灣，我從小瘋狂痴戀女扮男裝的歌仔戲小生。這回，理所當然忙著追逐梁兄哥。在學校的午休時間，幾個同學擠著頭聽我連說帶唱《梁祝》、《七仙女》、《血手印》……的故事；學校選模範生時，我還帶頭到各班唱黃梅調拜票，熱鬧得不得了。

星期假日的午後，全家人都不知去向，我摘了父親親手栽植的黃菊花插鬢邊，額頭上綁上從喪家帶回的白布條，反穿媽媽的長大衣當水袖，就對著客廳的大鏡子邊哭邊唱「哭墳」，正當「梁兄啊！梁兄啊！不見梁兄見墳台……」涕泗縱橫之際，母親推開大門，拉開窗簾，看到我哭得慘兮兮，氣得抓起藤條一路追趕，嘴裡喊著：「係安怎？恁厝是死人是嘿！穿這樣！汝係死老爸抑係死老母！」

我雖然承認這樣的串演有些觸霉頭，但是，被聯考緊箍咒束縛得失了生活情趣，又沒什麼朋友的我，既沒有去飆車、也沒去殺人放火，只是一人分飾二角，唱唱哭調，抒發鬱悶的心情，說來也算是從事正當娛樂！幹嘛得那麼咬牙切齒。何況，當時若能讓我適性發展，說不定影壇要多一顆閃亮的明星亦未可知！

挨打記事簿裡的第五章，我覺得最冤枉，題名：「先天記憶體不足」。

母親老在我看書看得正起勁兒時，在樓下大聲吆喝：「去幫忙買醬油跟味素。醬油要味全不要味王；味素要味王不要味全。」你瞧瞧！這不是故意為難生性迷糊的我嗎！首先，你正著迷在書本中的情節哪，哪去注意媽媽叮嚀裡的些微差異；等你回過神來，只覺「味王」、「味全」，餘音嫋嫋，到底哪個該味王？哪個該味全？真是難煞人也。就算冒著「你係把我的話當作馬耳東風」的挨打風險，再度問個清楚；出了門，光跳過一條水溝，也馬上腦漿糊成一團。偏是味王、味全不但味道有差、價位也不同，等你站在鋪子裡想了又想，覺得自己終於十拿九穩，下定決心買了回來，才發現大錯業已鑄成。母親輕描淡寫：「拿回去換！囝仔郎要自己負責！」負責什麼呀！方才的買賣沒付現，已經難為情死了，如今這重新一進一出，又得面對那個讓你慚愧欲死的記帳本，那裡清晰記錄著你們欠老闆娘多少錢？你們有多窮！你們挪用了多少沒有能力負擔的孫中山，老闆娘臉色當然難看加三級，你抵死不肯再度前去。結果呢？……嘿嘿！你猜對了！自然免不了又是一頓竹鞭子伺候！母親將我的一身傲骨打成繞指柔，最後還是得深呼吸一口氣，然後彎腰諂笑回去面對那本被塗改、登錄得千瘡百孔的帳簿。

記憶體嚴重不足一直是我的罩門：作業忘記帶、便當遺忘在家裡的桌上、忘了該從學校裡取回在學證明書，丟三落四的。偏偏母親屢屢喜歡測試我的記憶，我則不明白遺傳基因不良應該可以怪罪誰！

挨打記事簿裡的第六章，題名：「術業有專攻，天下無完人」。每個人都有屬於自己的強項，少不得也有若干的低能之處。小時候，屬於我的強項，譬如注音、朗讀、演講、作文、書法……等比賽，我總是每戰皆捷；可是，對需要拼裝或修理、繡補的東西，一向一籌莫展。學校家事課的作業，不管瑞典繡、塑膠籃、縫釦子，對我而言都是高難度的學習。光是車一條簡單的抹布，我都可能車斷好幾支粗大的針頭。

在學校課堂上，當場實作，有同學罩我，大夥兒八人一組，或車抹布，或炸開口笑，我只要一旁負責說故事，其餘都可豁免；但需要真功夫的巧活兒，常常一回家就束之高閣，忘得一乾二淨。直到最後繳交期限的前夕，才開始著慌，一把鼻涕、一把眼淚的，總是惹得母親大發雷霆，邊罵邊拿著棍子追打！最後，被打得倦極而眠，作品都是母親連夜幫著趕工完成。像這般的專業不符，依現代的教養理論來衡量，其實都是可以被寬諒的，誰有那能耐樣樣都精通！何況思慮不周，也是人之常情，為此挨打，唉！真是吹毛求疵啊。

挨打記事簿裡的最後一章，題名：「默契不足」，這也是我生而為我母親的女兒，最不為她所諒解的地方。母親天生敏捷俐落，舉一隅立刻能以三隅反。偏我沒遺傳到她的精明幹練，成天忘這、忘那就算了，她急性子，語言趕不上腦子的速度，講話常常缺這、空那，我的姊姊們總知道如何幫她填空，只有我傻楞楞地等著她說出完整句子，譬如：母親一邊在鍋前下油，一邊急慌慌朝我說：「把那個……那個……哦！那個……拿來」，我因常挨打而驚慌莫名，睜大了眼睛問：「什麼？什麼？……要拿什麼！……」母親懷疑我故意整她，就等在哪兒，存心考驗她說不說得出來。冤枉啊！大人！我哪裡敢給老天借膽！純粹是反應遲鈍而已。

母親一生最恨反應遲鈍的人，她站在窗口往外望，我湊過去看她看些什麼！湊巧她一轉身，踩到我的腳，立刻抄起鞭子追打，一邊恨聲不絕：「人要走，也不知閃去一邊，害我踩到。汝係目睭青暝是嘸？」所以，她生下我，算她倒楣；而我遇到她，不知是福是禍？事實上，因為經過她不厭其煩地以鞭子調教過後，如今，居然偶而也有人稱讚我反應快，身手矯捷！難道挨揍還真管用嗎？還是潛藏的母系基因開始冒出頭來了。

在記事簿上一章章寫著、寫著，外子順手取過，看完，若有所思地說：「以前，聽妳說起小時候挨打的事，還滿同情妳的；可是，如今看完這本本子後，我反而開始同情妳媽了。」

兒子笑著搭腔：「媽！沒想到妳小時候這麼白目！」

女兒開懷大笑說：「媽！看來我真的是妳親生的，以後妳千萬別再怪我反應遲鈍；而妳也確實是妳媽親生的，雖然妳不打我，但是，本質上妳跟妳媽真像啊！」

「再講！欠揍啊！你們這些人。」我說。

——本文收錄於二〇一一年三月出版《後來》（九歌）

輯二

我爲卿狂

我為卿狂

無意間發現，那般纍纍的土芒果，就懸掛在巷道的半空中，讓人垂涎欲滴。從四月起，每次回老家，開車時，我總刻意繞道，不斷地跟它行注目禮。那棵芒果樹還真偉壯，開枝散葉，幾乎將整個天空遮蔽。車子行經其下，低枝下的芒果，差不多就垂到車頂上方約一、兩公尺處，探身出去，只要稍稍「喬」一下身體的姿勢，舉起手就能一把抓上幾十個，可惜總不能，因為外子就像便衣警察隨侍在側，口頭警告之不足，往往還加快車速前進，絕不讓我有可乘之機，而唯恐我無端鬧出亂子，這位可恨的警察還緊迫盯人地如影隨形，每次不斷進行精神訓話，從「禮義廉恥，國之四維」開始，直複習到民法不知道第幾章為止。我屢次擺脫監視不果，氣得差一點跟他鬧離婚。

芒果長成那般張狂真是不應該！從綠轉紅再翻黃，幾個月裡，它夙夜匪懈地在顏色及體積上推陳出新。越來越大的芒果，在我胸腔發酵、膨脹，我感覺幾乎要爆炸了！芒果樹就直挺挺地矗立在隔壁巷子的某一家空屋的院子內，大門深鎖，夜裡屋內黑漆漆的，顯見主人早已棄守、搬離，徒然留下一樹招搖的芒果。巧的是左右相鄰的屋子，也是一樣人去樓空，連打探主人消息都不可得。以此之故，芒果雖然結實纍纍，卻無人聞問。

屬於我的這場芒果熱，足足維持了三個多月，從開花到青綠的小芒果到黃橙的熟芒果，我日思夜夢，外子怎麼也想不通其中的道理。不過就幾個芒果嘛！他老是這麼勸慰我：

「妳喜歡吃芒果，看要幾個，我如數奉贈！菜市場裡多的是！今年芒果大出，又便宜又好吃！愛吃幾個買幾個，妳幹嘛那麼想不開！」

他還是不懂！不是買不買的問題！我就是見不得它高掛天際，沒人打理、無人關心！

我對芒果一向有近乎病態的迷戀，迷戀的原因，可追溯到幼年時後窗望出去的那株屬於四伯家的芒果樹。一到了四、五月，也同樣結實纍纍，母親總耳提面命：

「絕不能去偷採，別人家的東西，誰要不聽話，小心皮癢！」

什麼「別人家的東西」！明明就是四伯家的。偏偏越是被明令禁止的事，越是讓人亢奮難擋，這是孩童叛逆的鐵律。四合院裡大家庭難解的糾葛，常常一觸即發，而導火線往往從細事發端，母親想是為了防範未然，卻不知那樣斬釘截鐵的罰則在孩童的心裡引發多大的波瀾！看得到卻吃不著真是折騰人，過度壓抑的結果，導致我一生都虎虎地注視著，彷彿永遠都沒有饜足的時刻，看到芒果，直覺就是撲過去，義無反顧！六歲以前的記憶幾乎被歲月沖刷得七零八落，只有窗後的那棵芒果樹，彷彿踩著流轉的光陰日漸茁壯，不是駐足在菜市場裡、超市中，就是停留在親朋家的果盤內，甚至陌生的人家圍牆邊，尤其是掛在枝頭上的，特別引人亢奮。

也許這樣的理由還不足以道盡芒果熱的緣由，某些性格的人似乎就是容易為「數大即是美」所惑。回想三十餘年前第一次到外子家面見未來的公婆，一踏進他們家的四合院，即刻被一株長滿果實的芭樂樹迷得神魂顛倒。還沒走入大廳，先就執起一旁閒置（用「待命」二字可能更恰切些）的帶網竹竿，興奮且盡情地狂掃、猛摘，心裡充滿了前所未有的滿足感。其後，嫂嫂、姊姊們奉命到男方家看門風，也無法克制地臣服在那棵芭樂樹下。就這樣，為了一棵芭樂樹，全家毫無異議地決定讓我賠上終身。可見，纍纍的果實魅力不可小覷！

那位嚴守紀律的便衣警察，當年看見我為高掛的芭樂痴狂，他的反應跟現在可謂大不相同，見證了男人婚前、婚後判若兩人。當年他認為我「天真浪漫，痴得可愛」；現在卻說「莫名其妙，不顧形象」！不知是進入婚姻後便浪漫盡失，抑或歲月真的催人現實。

跟我媽一樣，他老為了我覬覦別人的芒果而忐忑不安。剛開始，我也不過隨口說說，並不十分當真：

「哇！趕快停下車來，我們想辦法摘一個吧！太過分了！長那麼多。」

沒料到他竟正經八百地拿我當孩子訓話：

「妳怎麼會這樣！別人家的芒果欸！虧妳還是教授！」

「教授是怎樣！法律上不是規定長到別人家院子的水果，那家人可以合法就地採摘！」我立刻以自身都不知是否正確的法律知識唬弄他。

「可是，這些芒果又沒長到我們家的院子裡來！」

「它是沒長到我們家的院子，它若是長到我們的院子來，如今就不必如此大費周章囉！……可是，它長到圍牆外的巷道來，巷道是公有地，所謂『公有』，就是屬於大夥兒所有，不是人人得而採之嗎？……而且，你不覺得這家人很可惡嗎？任憑這些芒果囂張地怒長著，也不處理，引誘別人犯罪嘛！」

這位便衣警察一向口拙，從來沒有在辯論中占過上風，這回也不例外。但微笑不語並不代表心悅誠服，他的專長是沉默地堅持重整道德的意志力。我們結婚數十年，他一直力圖對抗我隨時萌生的「詭異想法」和劍及履及的實踐精神。

其實，原先我也是一名他口中的良民，曾經趁他不留神的午後，去按那個廢宅子的門鈴，想依循正常管道澆熄心頭的熱火。但是，既然經長期觀察後被判定是廢宅，自然是沒有人前來應門。我訕訕然站在門口，仰頭看到那一樹茂密到無法收拾的芒果——少說幾百顆，忽然眼淚不自禁地流了下來——不過想摘個芒果而已！竟然如此困難重重。而可以想見的是，這些無人打理、自生自滅的芒果，將寂然地自行委地，就不說有多暴殄天物，也枉費它三、四個月來的花枝招展。

六月底，我實在受不了煎熬，有一度還心生歹念，慫恿外子幫忙一起搬運扶梯，趁月黑風高之際，前去一解相思。我知道外子一向奉公守法，絕不容許我胡來，所以，極力保證：

「就去摸一下就好！絕不摘！哎呀！就摸一下，過過乾癮也好。夫妻一場，你就成全、成全我吧！」

外子聽我這麼說，簡直驚訝到極點，立刻以我所熟知的典故回應：

「虧妳還是中國文學博士！古人不是曾經說過：『君子防未然，不處嫌疑間。瓜田不納履，李下不整冠。』妳還想公然搬梯子去芒果樹下，誰信妳只是去摸一下，沒有竊盜的居心！……要去妳自己去，我才不當幫凶。怎麼會有妳這樣奇怪的人！」

人家說：「夫妻同心，其利斷金」，遇到這樣不解風情的丈夫，我只能徒呼奈何。何況，他還引經據典的，看起來國學常識還滿豐富的！

七月中旬，芒果已肥碩到不可思議的地步，再不採摘，眼見一顆顆就要陣亡。隔著一個巷子，我在屋裡走來踱去，就不知這場熱鬧該如何收拾？外子聽說我為芒果的結局焦躁不安，好像想起什麼似地朝我說：

「對了！今早，錯過了垃圾車，我直追到後面的巷子，忽然看到芒果樹的那家門戶洞開，連院子內的中門都開著，本來想進去跟他們打打招呼，順便替妳問候一下他們家的芒果。沒想到，倒了垃圾回頭，裡頭的門卻又關了。我站在那裡想了想，覺得為了芒果打招呼有些滑稽，就算了！」

「什麼！就這樣算了！你明明知道太太這樣朝思暮想，你就這樣算了！好不容易有人在裡面，你就不能為我……要是你不敢，為什麼回來不趕緊告訴我，讓我自己去交涉？」

我想，外子一定挺後悔不小心說溜了嘴，他懊惱地說：

「回到家就忘了啊！又不是什麼重要的事！」

我顧不得跟他抬槓，立刻衝出冷氣室！往後巷奔去。芒果樹依然紋風不動地豎立，芒果依然垂實纍纍，露出撩人的姿態。大門深鎖，我急驚風似地按了門鈴，沒人應；再按，還是沒人；再按，回應我的，依舊是沉默。我越按越傷心，不知怎的竟絕望得想嚎啕大哭。回頭走，邊掉淚，邊暗自發誓，絕不再為這群芒果瞎操心：

「管他的！隨便它愛怎樣就怎樣！反正，浪費是那家人的事，掉到地上爛掉也不干我的事，雷公也不會打我。」

放下心思以後，彷彿海闊天空起來。

我開始理性地思考其中的若干啟人疑竇之處。譬如：幾個月來，我不知和那株芒果樹照面幾十次，卻從不曾看見芒果樹下的路面上有任何一顆掉落的芒果，連被車子輾過的屍首也無，這群芒果們很堅持地盤據枝頭，好像正玩著誰先落下誰就輸了的遊戲。雖然無法計算芒果的多寡，但只要一抬頭，就一定讓人眼花撩亂、引得人忽忽若狂，芒果似乎從春末到仲夏，一個不能少地彼此約定著。而路過的行人及附近的鄰居不在少數，何以芒果們竟能安然無恙地存活？有人說：

「用膝蓋想也知道，小學課本裡早說過了！芒果一定是酸的，不能吃，否則，哪輪得到妳這樣再三探望，早就淪入旁人的肚腹囉！」

有人說：

「不要以為它的主人遺棄它們！搞不好主人早布下天羅地網，可能曾經有人被抓到，大家口耳相傳，才不敢輕舉妄動。」

於是，大夥兒不約而同地聯想起一位婦人採了幾朵路旁的菊花而被扭送到警察局究辦的新聞，外子於是跟兒子、女兒攬功地說：

「我就是這麼想著，要不是我極力攔阻，你媽也許早就上報了！標題我都幫編輯想好了：『偷摘鄰居芒果，某國立大學教授廖×蕙失風被捕』，哎呀！真搞到這種地步，看她怎麼做人！還為人師表哪！」

總之，沒有人同情我，一整個夏天的芒果熱從此降溫，事情彷彿就這麼不了了之。八月初，我們又駕車回中部，我還是忍不住繞道去憑弔一番，誰知，遠遠就看到一樹的芒果集體失蹤，一顆也沒留下，不管樹下或樹上。這回，我只選擇默默驅車離開。

多日之後，學生推薦我們看了德國導演多莉絲・朵利（Doris Dorrie）取材自小津安二郎《東京物語》所拍攝的《當櫻花盛開》（*Hanami*）。描寫一位名叫杜莉的太太，為了遷就丈夫魯迪，忍痛放棄熱愛的日本傳統舞蹈。丈夫在她過世後，決心完成妻子未竟之夢，飛往日本探視遠在東京工作的小兒子並追尋日本傳統舞蹈精神。他深情地穿上妻子的毛衣、裙子在櫻花盛開的井之頭公園走動，並和因思念母親而在櫻花樹下獨自起舞的小優學習他原先唾棄卻是太太最愛的舞踏。電影終了，當主題曲悠悠響起，全家人還沉浸在哀傷的氣氛中，出乎意料地，外子竟感嘆地跟兒女說：

「唉！也許我不該阻止你媽去摘芒果的，萬一你媽哪天不幸過世，我可能會跟阻止太太跳舞的男主角一樣，後悔不迭地去敲開長芒果樹的人家，然後，站在樹下仰頭對著一樹纍纍的果實嚎啕大哭吧！」

——本文收錄於二〇一〇年一月出版《純真遺落》（九歌）

豬の物語

屬豬的外子過六十歲生日，照民間習俗，算是整數的大壽。兒子像孔子一樣，周遊列國去了，就剩了女兒承歡膝下。她絞盡腦汁，偷偷籌備了一場讓外子紅了眼眶的生日party。除了意外的神祕嘉賓跟生日蛋糕及歡唱的卡拉ＯＫ外，還有一份特別的禮物，就是一隻跟外子生肖一樣的吹氣小豬。塑膠質料的小豬製作得唯妙唯肖，甚至可以跟真的豬一樣，用繩子拉著前進。看牠走路時躡手躡腳、一副小心翼翼的模樣，就教人忍不住發噱！

生日過後，那隻可愛的小豬就被拴在客廳的書櫥門把上，日日夜夜地站著，兩隻腳輕飄飄的，不時踮起腳尖，做出即將行走的樣子。有時，我坐在沙發上看電視或看書，一不留神，便和牠四目相接，這時，牠便露出無辜的眼神望著我，彷彿乞求我為牠做些什麼。帶牠出去走走？餵牠吃點兒東西？跟牠說說話？抑或其他的什麼，我總是這樣猜想著。家裡沒有其他人時，我通常會跟牠說說話，諸如：

「你累了嗎？可以趴下來休息一下啊！不用客氣！沒關係的。」

「想出去逛逛嗎？我可沒功夫帶你出去，等會兒姊姊回來，你求求她吧！」

「你寂寞嗎？沒同伴，滿無聊的，是吧？」

有一次，我簡直不敢相信，自己甚至真的拉起繩索，帶著牠，在屋子裡，前前後後繞了幾圈。然後，又將牠拴回原處，像寵愛孫子的老奶奶似地跟牠說：

「好啦！別再纏著我了！我要幹活兒去囉。」

有時，忙了一陣子，抬眼看牠，發現牠不知什麼時候轉了方向，拿屁股對著我，我就懷疑牠在跟我嘔氣，氣我沒拿牠當一回事。這時，我竟然還會像個失職的母親般心生愧赧。這個小傢伙，把我搞得團團轉，我幾乎忘了牠只是一隻吹氣的小豬。

五天過後，我們回中部去度假，三天後回來。一進門，就聽到女兒心疼地大聲說：

「唉喲！小豬好可憐！都沒吃東西，變得好瘦、好虛弱哦！」

我們齊齊將目光轉到守著書櫥的小豬，發現牠真的瘦了許多，臉孔都小了一號，看起來很沒元氣。

「應該帶牠去吃吃東西囉！餓都餓壞了。」女兒撫著牠，愛憐地說。外子和我同時露出狐疑的表情，女兒解釋小豬可以回原店無限制免費再充氣，充氣過後，又是一條好「豬」！外子殺風景地回說：

「適可而止吧！就讓牠休息吧！把氣擠掉，收起來擱到儲藏間去吧！」女兒和我不約而同用凌厲的眼神射向那位殘酷的壽星，外子不敵婦人之仁，只好嘟囔著「什麼跟什麼」，然後，悻悻然走開。

那夜，女兒踱到書房，悄聲跟正在電腦上寫作的我說：

「媽！妳有沒有發現那隻豬瘦下來的樣子，很像過世前的外婆。」

我停下正在鍵盤上敲打的雙手，側過身，用眼睛實實瞪著女兒，忍不住大發雷霆：

「妳怎麼拿外婆跟豬比！妳是哪根筋不對了！虧妳外婆生前還這麼愛妳……」

「不是啦！妳不覺得小豬瘦得皺皺的雙頰，跟外婆行將過世前有幾分類似嗎？人家想外婆嘛！」女兒委屈地辯解著。

「不許妳這樣說！我媽欸！跟豬比！豈有此理……」

被這一喝斥，女兒嘟著嘴走了。

那夜，我睡得晚。關燈前，我刻意繞到小豬跟前，端詳牠。牠一副衰弱的樣子，雙頰皺皺的，嘴噘得尖尖的，眼睛顯得大而空洞，真的跟臨終前的母親有幾分神似，我聯想起母親去世前好長一段時間都吃不下飯所受的折磨，忍不住抱著小豬痛哭起來。

不知是忙碌還是受到外子務實言論的影響，餵小豬吃東西的計畫也沒真的付諸行動。又過了兩天，小豬更衰弱了，四隻腳蜷曲著，站都站不穩，不時跌跤似地歪向這邊、那邊，連身體都瘦了一大圈，眼看就要掛掉了。外子忽然良心發現般，正氣凜然地跟女兒說：

「不是說要回原店裡幫小豬吹氣嗎？只會說，也沒看妳行動！小豬都快不行了，還要等到什麼時候！」

女兒和我面面相覷，一時間，三個人都突然緊張起來。剛巧，我在城東有一場文學獎的評審會議，趕緊催促女兒更衣：

「走！我先送妳和小豬去東區治病，再去評審會場。」

兩個人像護送一位重症患者到醫院一般，心情沉重地把小豬安置在後座，便一路馳驅。星期五的下午，忠孝東路上嚴重塞車，我心急如焚，也不知是為評審可能遲到或是唯恐小豬在車上等不及補給而壽終。我頓時了然那些喜歡養寵物者的心情，跟女兒立誓：

「以後，我們一定不能養寵物，光是一隻無精打采的充氣豬，就讓我們這麼心疼、難過，若是真的寵物，那可不是要發瘋了！」

快接近 Party Shop 時，車子陷入車陣的泥沼，眼看寸步難行，女兒決定下車徒步搶時間。她在路中央，打開後車門，小心翼翼抱出那隻委頓的小豬，閃過一輛又一輛的車子，轉來轉去，飛奔到對街，我看到好幾位計程車司機都被嚇了一大跳。

經過一番廝殺，評審作業終於在夜色四闔之前結束。一進家門，高興地看見小豬又瀟灑地挺立在書櫥前顧盼自雄。女兒抱起牠，驕傲又寵溺地朝我說：

「妳不是讓我順便為妳買一把梳子回來嗎？灌完氣以後，小豬神采奕奕的，我乾脆就拉著牠一起去逛街找梳子。在人行道上走著的小豬可是出盡了鋒頭喲！不但行人為之側目，連開車的司機看到，都在車上忍不住微笑起來……哎哎！我們這隻豬可是超口愛的哪！」

那晚，我在電話裡，跟朋友轉述因為買了這隻豬以後才知道絕不能養寵物的覺悟。朋友居然無厘頭地問道：

「為什麼？是怕寵物咬壞那隻豬嗎？」

唉呀！真是豬頭啊！

次日一早，女兒獨自出門補習去。我在臥房裡，彷彿聽到女兒輕聲地跟小豬說再見：

「小豬豬乖哦！姊姊上學去，你要乖乖的哦！我很快就回來，不用擔心。再見囉！」

我蒙上被子，偷偷笑出聲來。黃昏，女兒從南陽街回來。我在廚房裡忙著，驚訝地聽到外子用著奇怪的音調說：

「你看！你看！姊姊上學回來囉！……你有沒有看到啊？……啊？看到沒？」

我拿著鍋鏟衝出來，看到外子露出難得的慈祥表情對著小豬說話。

千真萬確。

——本文收錄於二〇一〇年一月出版《純真遺落》（九歌）

吃醋

冰箱裡，充滿了醋。學生送的、朋友自己釀的。不知何故，忽然在同一個時段進駐冰箱。餽贈者像是經過某種祕密集訓似地不約而同說：

「喝醋有益健康。妳別看醋的味道酸，酸的東西未必是酸性，醋就是鹼性的，喝了不必怕傷腸胃。」

為何喝起來酸溜溜的醋會是鹼性食物，她不好再多加探問，以免暴露理化基礎不佳的事實。然而，喝下的醋在胃裡灼灼發燙的感覺卻是千真萬確。她勉為其難喝了半杯後，即刻決定放棄。於是，七、八瓶不同時期來歸的各種口味水果醋便東倒西歪地占據冰箱的一角。

一日，她應邀前去評審文學獎。剛進會場，就被擱置在桌上的幾瓶包裝精美的醋給嚇了一跳。主辦單位的編輯小姐很誠懇地告訴她：

「這是上等的好醋，我們總編輯特地從遠方攜回來送你們的，妳千萬要留著自己喝，別轉送給別人，聽說對身體很有幫助，這陣子大家都流行吃醋。」

小姐說完，忍不住為自己的一語雙關得意地笑出聲來，她則為著「別轉送給別人」這句話，敏感地萌生心思被識破的尷尬，可又本能地皺起眉頭，冰箱裡歪坐的那幾瓶醋即將要增添一位朋友了！可是，既然是這等好醋，理當發揮它的最佳效應才是，腦袋一轉，她心下已有主意。

評審工作結束，趁著眾人正整理著桌上凌亂的文件，她不動聲色地悄悄往大門口挪動腳步，刻意躲開那幾瓶醋：

「對不起！我實在沒有辦法再收容你，你就找個更合適的人家去吧！」

她在心裡悄聲跟那瓶即將被她遺棄的醋偷偷道歉著。然後，推開大門，拔腿狂奔。摩托車就擺在斜對街，她慶幸沒被發現，飛也似地過馬路，手忙腳亂地打開置物箱，取出安全帽戴上，忽然，從照後鏡裡發現方才那位編輯小姐捧著那瓶醋出現在門口，正四下張望著。

「天啊！可別被逮個正著才好。」

她慌慌地轉動手上的鑰匙，務必突圍而去的念頭一萌生，手忽然緊張地發抖起來，偏偏引擎也不肯合作，催了幾次油，都沒能成功。小姐終於看到她了，臉上霎時露出欣喜的表情，一邊喊著她的名字，一邊衝過馬路朝著她跑來，忙不迭地說：

「幸好妳還沒走遠！妳怎麼忘了呢？我們總編輯讓我來追妳，若是讓妳跑了，可麻煩大了，就得請快遞送過去。真的是一瓶好醋哦！妳一定要喝喝看。」

看來是法網恢恢、插翅也難飛了。經過這一番折騰，婉拒的話也說不出口了。她只好配合著佯裝記性太差，尷尬地接過那瓶醋。

「是一瓶上等醋哦！聽說可以治百病。」回到家，她笑著跟先生說，並轉述脫逃不果的緊張情節，先生被逗得笑彎了腰，她則一轉身就忘了那瓶醋。

幾天後的一晚，不知談論什麼話題，忽然又提到了那瓶醋，男人輕描淡寫地回她：

「啊！忘了告訴妳，前幾天清冰箱，我把所有的醋都倒掉了，反正大家都不喝。」

倒掉了？居然倒掉了！她楞了一下，覺得不可思議，才剛到手的禮物欸！

「人家剛送給我的醋幹嘛倒掉，這麼浪費！」她氣虎虎地說。

「妳又不喝！最後還不是倒掉？」

「誰說我不喝！」她搶白道。

那位小姐拚了命追過馬路的身影和「是一瓶上等的好醋！可別轉送給別人！」的叮嚀就在那刻同時躍上她的腦海，那瓶被倒掉的醋驀地升格為一瓶難得的珍品，價值和功用立刻被提升到最高度。她越想越覺得可惜，也莫名其妙地升起怒火。

「還特別跟你說過是一瓶上等醋！你幹嘛倒掉它！它礙著你什麼！你非要置它於死地！你丟掉我學生送了好久的那三瓶，我不反對！你倒掉你的朋友送的那四瓶，也不干我的事，我可以不管。可是，你幹嘛倒掉我的朋友好不容易千里迢迢拿回來送我的東西！……何況，是一瓶好醋欸！」

說著、說著，她越來越生氣，那瓶醋的價值跟送醋者的心意也跟著生氣指數水漲船高起來，男人簡直就越發罪無可赦了。她藉機擴大事端：

「每次都這樣！要丟掉人家的東西也不問問當事人。換作是我把你的東西丟掉，你會怎樣？何況又是一瓶從老遠帶回來的上等醋！」

男人幾乎招架不住，吶吶地反覆辯解著：

「誰知道妳又要喝了！妳不是跟我說妳左閃右躲地不想拿！誰知道這會兒妳又要喝它！」

「就算我不喝，你也不能徹底否定它身為一瓶醋的身分！我們還是可以拿它來做菜啊！幹嘛倒掉它！人家都在提倡簡約生活，居然有像你這樣浪費的人。」她順勢發揮，忽然佩服自己還挺有創意的，能夠想出用水果醋做菜的點子來凸顯浪費的行為。

「沒有人拿這種醋來做菜的啦。」男人幾近喃喃自語地反駁，語氣是連自己都無法信服的心虛。

「誰說不能！就像我們平常用米酒做菜，並不代表就不能用高級的高粱或紹興酒甚至威士忌。不用好酒做菜是因為它太貴了，西方人做菜也用威士忌，味道特好哪。好醋做菜，也是一樣……哎！總之，好端端的，你幹嘛動我的醋！」

男人說不過她，轉身走了。她氣極了！一整晚都沒給男人好臉色看，就為一瓶醋。

次日，她從學校回來，餘怒未消。男人喜孜孜地在門口迎接她，說：

「哎呀！我真是老了！昨天跟妳說倒掉那瓶醋，其實是我記錯了。我倒掉的是先前放冰箱的那幾瓶，妳剛帶回來的那瓶，我擺進櫥櫃裡，根本沒倒掉！」

她楞楞地站著，感覺被玩弄於股掌間。那瓶醋無端又回到人間，接下來該怎麼辦？她這才知道自己其實一點也不想喝它！可是，昨晚信誓旦旦地說多麼熱切地想喝那瓶醋，現在可慘了！進了門，那瓶醋就靜靜肅立在茶几上，看起來比想像中的強壯、偉岸許多，要解決它可不是一件容易的事，這下子麻煩可大了，她心裡暗叫不妙。

她心情沉重卻故作輕鬆。為了維持面子，飯後，她故意哼著歌，假裝高興地倒了一小杯醋到馬克杯裡，對了水，喝一口，差點兒反胃，太酸了！又換了個瓶子、加更多的水，還是酸，倒了許多蜂蜜進去，如今是一大瓶了，全家人被迫共襄盛舉，人手一醋。

男人一聲不吭，存心看她如何處置那瓶所謂的「上等醋」。她喝了一口，皺著眉頭，說：

「看來也只是一瓶普通的醋罷了！我們都上當了。」

她故意說：「『我們』都上當了」，企圖將男人一起拉下水，跟她站在同一邊。男人依舊沒說話，只微笑著，高深莫測，她弄不清他心裡怎麼想的，只明明白白知道從天而降的這瓶醋，像午夜的灰姑娘一樣，又變回一瓶占據冰箱一角的不敢讓人恭維的酸醋！而她真的沒有絲毫意願用它來做菜！更是一點都不想吃醋保健。

「不過是一瓶醋而已！不值得為它生氣，對不對？」她事不干己地、輕鬆地勸慰男人，彷彿動怒的是男人而不是她。

——本文收錄於二〇一〇年一月出版《純真遺落》（九歌）

我的華麗的夢

女人的衣櫃是一頁血淚斑斑的胖瘦征戰史！

我的衣櫃裡，充滿了塵封的中古史！因為衣櫃太小，而我的中古史既滄桑且飽滿，現代史竟再也擠不進。所以，我的現代只好寄居在女兒及兒子的衣櫃裡。出門前，總鬼鬼祟祟、態度謙卑地潛進兒女房裡搜索適當的穿著，齜牙咧嘴地向抗議的孩子保證：

「等我們買了較大的房子，一定闢一間專門的衣帽間。到時候，不但絕不再把衣服掛在你們這兒！而且保證有一排長長的落地鏡子，讓你們一次照個夠！」

從小就被教導不可數典忘祖、要尊敬歷史。所以，除了上古史因為年代久遠，還來不及欷噓，便悉數化為烏有外，結婚後的堪稱「中古」、「近代」的重要階段，都有第一手資料留存。每一筆資料都寄寓著我追求華麗的夢。這些資料的留存，老實說，也未必皆因珍視歷史之故，多半和夢想不死及勤儉持家有關。從結婚時的三十九公斤一路扶搖直上的體重，讓我的衣服追趕不及，只有停留在衣櫃裡等待主人回歸！而我，也因為捨不得浪費，從未放棄將發福的身體重新塑造並擠進窄瘦衣服的希望，因而留下了大批華而不實的夢想在衣櫃裡。或者在午後、或者在失眠的夜，我總會打開櫥櫃，將這些夢一一取出，仔細端詳，再三憑弔。

年輕時試穿衣服，女兒總在一旁豔羨地央求：

「等我長大了，這件漂亮的衣服可以送我嗎？」

我一邊在鏡前擺著 pose，一邊不捨地許下承諾。年紀漸長，風水輪流轉，我總在塞不進衣服後，巴結著女兒，要求她：

「如果我將來真的瘦不回來，再也穿不下時，這件衣服就留給妳穿，好嗎？很漂亮的……不要太浪費，老想著買新衣。」

女兒則婉轉地拒絕了我的好意，說：

「我們的 style 不同，穿起來會很奇怪哪！」

於是，我的衣櫃裡便裝滿了這些女兒覺得她穿起來會很奇怪、而我覺得可能讓她美若天仙的衣服。

我的中古史起自一件紅色緞面的鳳仙裝，結婚時送客穿的。多年後，對著這一襲瘦伶伶的「古裝」，怎麼也想不透當時的心情，怎麼會有人想把自己打扮成苦命的小鳳仙？這件衣服在婚後，還曾幾次出借給後起的新娘子，直到鳳仙裝不再流行了，才被冷落在衣櫃的角落。相同境遇的，還有一件綠色的旗袍。忘了是哪一年的教師節，當選模範教師。表揚典禮的通知書上載明：

「女士請穿著旗袍。」

我在確認有一筆為數尚稱可觀的獎金後，決定騷包一番。從百貨公司買回後，穿著在客廳裡繞上幾回，顧盼自雄許久。當天早上，出了門，還沒下到底樓，又跑回來，換上平常慣穿的套裝。九千多元買的旗袍，只落得在臥房和客廳間來回徘徊，終究沒敢穿出門去。而體重直線上升後，它也就只能一直躲在櫥櫃裡，見不得天日。

前些年，一位久居美國的朋友回台，拉著我逛街，說是打算買一件改良式旗袍，在聖誕晚宴上展示中華兒女的大家風範。一向人來瘋的我，也跟著在試衣間「穿」進「穿」出，朋友慫恿我：

「妳滿適合穿這種改良式旗袍的嘛！買一件，去演講時穿。又優雅，又具說服力，看起來又拉風！」

我這人就是虛榮，禁不起誇獎！飄飄然鈔票便出手。結果是，該買的朋友沒買，我倒拎了件價值不菲的大紅光面旗袍回家。家人看了，大驚失色！兒子指著櫥子裡的綠旗袍說：

「這件是什麼？一次都沒穿，又買！我才要一點點零用錢就不肯！媽媽最浪費。」

最不喜歡說話打擊人的外子，隱忍了半日，輕描淡寫地說：

「穿起來像是要去出嫁似的！很好看！……嗯！不錯。」

他的表情看起來有些不大像是稱讚。我不理他們，自言自語地遊說自己：

「辛苦半輩子，只買件旗袍叫浪費！明天下午，台北縣立文化中心有一場演講，就穿它去！怕什麼！人家李鍾桂都這麼穿！穿了就不叫浪費！」

次日，為了加強決心，我一早便到美容院去把頭髮盤起，準備全力以赴來搭配這件昂貴的旗袍！雖說如此，不習慣盛裝的我，穿穿脫脫的，還是不斷猶豫著，心裡掙扎得厲害！兩點的演講，磨菇到非出門不可，才抱著悲壯的心情從容赴義！哪知道，華江橋上大塞車，車子走走停停，到板橋、停好車，已兩點五分。我顧不得端莊的穿著打扮及三吋的高跟鞋，拎起裙襬，飛奔前去，路上行人紛紛為之側目！那一場演講，我一輩子都忘不了！脖子裡全是汗，被膠水封住像硬殼般撐起的頭髮，差一點被汗水沖垮下來！觀眾們似乎也很有同情心地跟著汗流浹背！我這才見識到中華文化的艱苦卓絕品質，穿上旗袍而能表情清涼的演講，確實需要涵養動心忍性的功夫！而這件紅旗袍從洗衣店送洗回來後，大約是被汗水嚇壞了！便安安靜靜陪著她的瘦瘦的綠朋友，一直再沒走出衣櫃。

過沒多久，一個尚未進食的黃昏，我在敦化南路上的精品店看到一件穿起來絕對是風華絕代的長裙！當下，不顧微薄的荷包，奮勇進去試穿！腰身滿緊，除此之外，真是好看極了！店裡的夥計奸詐地唆使我：

「腰身緊一點好！這可以幫助妳減肥！使妳不至於過度墮落。這樣的裙子是很好指標！妳現在的身材剛好，再胖，就真的不行了！」

他的說法對我這種缺乏意志力的人頗具說服力！於是，我咬咬牙，買下了一件接近兩萬元的裙子。逛了街，吃過了晚飯，一回到家，興奮地試穿。說也奇怪，長裙的扣子就怎麼也扣不起來了！我不死心，每天試，早也試，晚也試，卻越試越絕望，扣子間的距離，越來越大！我只用別針苟且地勾了兩次，憋著氣上街，大氣都不敢出。就這樣，長裙又被擱進衣櫃裡和一干過氣的華麗朋友為伍。我心虛卻豪氣地跟出錢的先生說：

「沒關係！不會浪費的！我穿不下，還有女兒可以穿。等女兒四十歲時穿它，鐵定風情萬種！」

我的衣櫃是一頁輝煌的歷史！那裡頭，滿滿掛著女兒童年時的夢想、外子賺錢時的動力、兒子要零用錢時的藉口，還有我追求恢復娉婷身材的美麗夢想及節儉持家的美德！至於我的現在和未來，只能到孩子的房裡找去！它們好像老掛不進去我的衣櫃裡，很可能是因為它們都太胖了！

——本文收錄於二〇〇〇年八月出版《讓我說個故事給你們聽》（九歌）

為了一只皮包

我買了無數的皮包，卻始終沒有一只能完全讓我滿意。一向樂觀的我，非但未曾灰心，還不死心地認定外頭的某個鋪子裡，一定還埋伏著一只完美的皮包，正等待著我這個伯樂的賞鑑。

皮包之所以無法盡如人意，是因為相關的考慮因素太多。除了顏色、式樣這種見仁見智的個別喜好外，還有大小、層數和深度的三種實用性條件有待斟酌。皮包小，精緻小巧是其長處，但容量不夠、不敷使用是其缺點；容量大的皮包固然如大海之納百川，帶著它卻又像扛著一口大布袋，有礙觀瞻是其致命傷。皮包層數不夠，必產生分類不精的缺失，萬物匯歸一層，如何撥亂「找」正，讓人煞費苦心，自然也是不宜；皮包層數過多，不但外表繁複，因分類過細導致翻來覆去的翻找，可謂大費周章，也是討厭。皮包太淺，裝不下文件或書本，固然難以獲致青睞；皮包太深了！找東西像大海撈針，有時就算將整顆腦袋瓜子都鑽進皮包，也還不能如願以償。所以，不同的場合攜帶不同的皮包是女人的共識，而隨著年齡的增長、人際關係的拓展及虛榮心的養成，皮包的樣式、種類、色澤、質地相形需要更多的講究，也因此，要找尋一只適當的皮包真是難上加難！男人往往沒辦法理解，為何女人對買皮包一事始終抱持高度熱誠？其實，女人只是還沒找到最合適的那只皮包罷了。

昨日，不知為了什麼事，外子探手進入我的皮包內，竟然被一支吃西餐用的叉子刺到指頭。他大叫一聲後，隨即納悶地問我：

「皮包裡裝叉子幹什麼？」

是呀！皮包裡裝叉子做啥用？我搔首撓耳半日，完全不得要領。甚至連叉子在何時溜進皮包中，也全無印象。外子嚷嚷著：

「該整理整理皮包了吧？內容看起來太複雜了！妳就拿這樣的皮包上學去？……口紅、衛生紙、皮夾、地址簿、行事曆、胃藥、指甲刀……啊！還有磁片、鑰匙、吸管、筷子、唇筆、湯匙、餅乾、奶油球、衛生棉，天呀！還有這麼多……當妳的皮包真是可憐哦！」

他從皮包內一邊掏出東西，一邊大驚小怪地叫著，聲音越來越高亢，顯示對皮包內的東西頗不以為然！我一個箭步搶下他手邊的皮包，立即展開反擊：

「幹嘛翻人家的皮包！你應該尊重我的隱私權啊！……何況，餅乾跟奶油球不就是你放進去的，還敢怪我！」

外子悻悻然縮回了手，負氣地回說：

「真是好心去給雷擊！是看妳沒吃早餐，才給妳丟進去一包餅乾的；還有，妳自己說研究室裡的奶油球沒了，咖啡不好喝！誰知道餅乾和奶油球放進去少說也有一個月了，妳還原封不動擱著……啊！亂七八糟的，哪有人這樣……」

談到皮包，就不由得想起沒多久前的一件事。走進教室後的我，想起許久沒有遵照教務處的規定點名，於是，跟學生宣布：

「今天我們來點個名吧！」

講台下旋即傳來一陣熱烈的歡呼！坐在座位上的學生全笑逐顏開，往好處想，歡呼的意思是慶幸自己趕上了難得一次的點名；往壞處思考，難免有人性中幸災樂禍的惡質成分在內。我翻開皮包，尋找點名簿，竟然找不到，只好清清喉嚨，改口道：

「唉呀！大學生自治，點什麼名啊，是不是？算了！」

底下立刻傳來一陣失望的嘆息！這嘆息的意思，我可以肯定絕對是不懷好意，是喟嘆缺席學生竟然得到姑息的聲音！我置之不理，提醒學生拿出課本後，繼續埋首皮包內，正取出書本，一位眼尖的學生馬上很不給面子地提醒我：

「老師！今天上小說，不是戲曲！」

啊！糟糕！竟然帶錯了書本！一位好心的學生隨即遞上她的書，說：

「我跟隔壁的同學一起看！這本借您用吧。」

感激涕零的我，第三度把手放進皮包內找尋老花眼鏡。第一層沒有，第二層失望，夾層落空，再回頭找第一層……真不敢相信今天的運氣如此之差！一位坐在後方的男學生，一向調皮搗蛋的，舉手作勢要發言。我覺得不妙，刻意忽視他的存在，假裝沒看見。他不理，兀自起身發言：

「老師！每回總看見您提著這口看似沉重的大皮包來上課，可您幾乎都沒能從其中找到您想要的東西。要筆沒筆、找眼鏡沒眼鏡、書本失蹤、點名簿也始終沒找著。今天，同學們公推我出來探探究竟，鼓得滿滿的這麼大只皮包裡，既然這些東西都沒有，那麼，裡頭到底裝了些什麼東西？」

說完，便跑向講桌前，想一窺究竟。我急急抄起皮包，緊緊護在胸前。可不能讓他得逞！雖說師道之不存久矣，可也還沒演進到這麼狼狽的地步吧！我板起臉孔，說：

「好了！別鬧了！別浪費大夥兒的時間，進度都快趕不上了。」

可別真的以為我敷衍苟且、缺乏反省能力！一回到研究室，我馬上展開自我檢視。好傢伙！這才發現這個皮包真是有容乃大！除了原子筆、書本、點名簿和眼鏡之外的東西外，可以說是應有盡有。其中最大宗者，莫若各種大小、式樣及品牌的衛生棉了。為什麼在包包裡裝了這麼多的衛生棉？真是耐人尋味！我苦苦思索數日，猜測跟更年期即將到來或者大有關聯。潛意識裡是不是要在有意無意間，讓人明白雖然年過五十，卻仍然青春不減！衛生棉還經常派上用場呢！說起來慚愧，在一次應邀講評的讀書會中，我曾經在眾目睽睽下，從皮包取出卡片時，居然連帶拖出了至少五片以上的衛生棉，所有在場的人，無論男的或女的，都刻意不動聲色，就好像什麼也沒看到一般，那種故作鎮靜的樣子，真是教人忍不住要噴飯。

皮包的困擾，由來已久。自從二十餘年前，投身教職後，它便如影隨形地跟定了我。到底皮包對我的困擾是什麼？說實在的，我也理不清。好像初中時的黏纏分解因式，無論我如何專心，都無法將它分析爬梳，使它露出一些別人或者自己可以理解的條理出來。一直到現在，皮包問題仍然沒有得到妥善的處理，每到開學前，我總要預留數天的時間來思考應對之策，卻始終徒勞無功。開學後，我預料仍然會跟以往的那些日子般，被皮包所導致的困惑重重包圍，直到學期結束才暫時解除危機。皮包的問題，也許並不是皮包本身的問題。皮包就是皮包嘛！會有什麼大不了的問題？也許我該追根究柢，皮包之所以成為困擾，或者是因為別的什麼原因所導致。但是根據家人的歸納，卻都說是我個人的性格所造成。無論丈夫或兒女，對於我始終沒法子擺平一只皮包感到相當不可思議。對這一點，我一直將它歸咎於「親生狎」的觀念，家人通常對穿著短褲頭到處跑來跑去的另一些家人很難產生敬意，也很難讓他們將心比心，發揮同理心。

有許多年，我用一個皮包跑遍所有的教室。一學期約莫同時開個四、五門課，每天，我總需要澄明我的思慮，在研究室裡更換內容：先搞清楚當天的課程，然後，再將前一天的資料取出更換。只要稍一失神，便會掛一漏萬，諸如帶錯課本啦、取錯講義、忘記攜帶眼鏡啦、點名簿拿錯啦……造成一些討厭的困擾。有一天，我突發奇想，決定效法「大貓鑽大洞、小貓鑽小洞」的方式，給每一門課準備一個不同的皮包，不但樣式不同，而且顏色分明，絕不相混。如此看似萬無一失，實則仍潛藏危機，於是，我精益求精，在每個皮包上貼上標明課程名稱的斗大貼紙；隔一段時日後，我又針對問題，在課程的標籤上加上星期幾及上課時間。雖然看來有些滑稽，不過，各科用品總算各有其主，基本內容大體不易出錯。不過，大錯雖然減少，小錯卻依然不斷。譬如：眼鏡、皮夾、原子筆等共用品，總會不時遺落在某個不該藏身的皮包內；而雖然皮包標示堪稱萬無一失，但是記錯日子卻是時有所聞。而更可怕的是，回到家裡的星期假日，往往會發現必要的提款卡、簽帳卡甚至現金，都遺忘在學校的那五只皮包中的某一只。而每隔一段時間，我整理五個皮包，也總會陸續挖掘到無數不知名或貼了姓名標籤的原子筆。一回，一位學生因情感受困而到研究室來哭訴原委，正涕淚漣漪地說著，無意間，發現我書桌上的筆筒內，竟然滿滿是貼了他們班同學姓名的各色原子筆，不覺忘形地破涕為笑起來，說：

「終於找到凶手了！大夥兒的筆都無端失蹤，原來全讓老師給順手牽羊來了！」神探破案似的喜悅，沖淡了失戀的痛苦，那位同學關上研究室大門時，嘴角隱約帶著一抹含淚的微笑。困擾我的皮包，彷彿適時提供了某種不可言說的救贖。

五只皮包看似聰明的做法，終究維持不了多久，便宣告結束。其原因很難具體歸納，總之，這件事證明了人生的變數實在太多，看似科學的方式也難以全盤解決生活中某些複雜的問題，後來，我幾乎被五只皮包搞得發狂。於是，又回到一只皮包的日子，並下定決心化繁為簡。外子譏嘲我缺乏管理的訓練，他和我大談工業管理中的有效管理：如何在放置工具的牆上畫上該工具的圖形，然後一個蘿蔔一個坑地發放給工人，黃昏時，工人便依照圖形將工具歸位，萬無一失。我覺得那樣的管理真是大大侮辱了我的智慧，我第一次沮喪地發現，原來在外子的心目中，我是如此的愚笨與遲鈍。雖然他含蓄地未曾明言，但從他的悲憫言談中，可以明顯感受他認定我的管理智慧甚至連沒受過教育的工人都不如。他的結論是：

「妳的心太亂！生活沒有紀律，做事沒有方法。解決之道無他，先要接受品管訓練！」

品管訓練？就不信年過五十，憑我的睿智與豐富的經驗，會搞不定一只皮包！為了一只皮包，還得去接受品管訓練！未免太小看人了！我嗤之以鼻，立志自力救濟！

從此，我展開馴服皮包的計畫。有課的日子，我刻意提早到學校，上課前，預留十分鐘，以便整理皮包。照說，如此如臨深淵、如履薄冰地對付一只皮包，應該游刃有餘囉！事實上，卻又不然。總有一些料想不到的意外會突然竄出，來干擾這看似萬全的計畫。譬如：當妳正準備開始整理之際，可能是一位對人生充滿疑惑的學生忽然就在此刻推門進來，跟妳大吐苦水；可能是一位路過的教授心血來潮想來跟妳敘敘舊；也可能是系主任笑瞇瞇地跑來和妳商討系務；最多的時候，常常是幫忙推展各項計畫的助理找妳報告進度。這一耽擱的結果，是鐘聲響了，提起其中的一只皮包倉皇上路，問題由是滋生。當然，還有一種不足為外人道的狀況，是因為缺乏自制力而流連網路，忘卻時間，直到上課鐘聲大作，才豁然驚醒！總之，無論一只皮包或五個皮包，都是問題叢生！皮包的困擾已成生命中不可承受之重。

人生的變數何其多，無論如何戒備再三，就是難免掛一漏萬，這是我和皮包苦苦糾纏二十餘年得到的寶貴啟示。一夜，在黑暗中，我和那只皮包靜靜對坐。月色朦朧，皮包疲憊地歪坐著，我發現我實在太虧待了它。分明是個名牌的皮包，卻被沉重、龐雜的內容搞得不成「包」形，垮著一張臉，猥瑣一如沒志氣的漢子。我憐惜地撫著它受傷的臉孔，深深自責著。孰令致之？我不禁又犯了追根究柢的毛病。這一追究，可真把元凶找到了！如果系裡沒排這麼多種的課程給我，我又何至於天天為了不同的課程傷透腦筋。如果我一生只教一門課，就沒有以上所有的煩惱，所以，原來不是皮包出問題，也不是我的智慧不夠的問題，根本就是系主任有問題！這一想，真是茅塞頓開，我只要擺平了系主任，所有的問題不就都迎刃而解！

這一個重要的發現，讓我喜出望外。急忙將外子由睡夢中搖醒，告訴他問題的癥結所在，誰知外子竟又狠狠地潑了我一大盆冷水，他冷冷地說：

「是這樣嗎？我看不見得吧！……先不說妳在學校的那些大大小小的皮包了，就拿家裡這些小皮包來說好了，不是也常聽妳說，講稿忘在另一個皮包裡，演講時差一點穿幫；到超市買菜付帳時，才發現小錢包放在前一天的皮包裡；或者去喝喜酒，到了飯店，才痛恨紅包放錯了皮包；或是皮包太多格子，等找到大哥大時，電話鈴聲已經停止……啊！這種事我聽多了，妳不會真的認為皮包的肇事者是你們系主任吧？妳看！……」

話沒說完，他拉開一旁放置皮包的櫃子，「嘩」的一聲，一堆各色皮包應聲跌到地上。我不敢置一詞，結婚以來，第一次在舌辯中默不作聲地走開。他說的一點都不錯，皮包的問題也許不止於一個或多個的困擾，也不是課程多寡的原因。看來，真要解決所有有關皮包的困擾，還不在於擺平別人，恐怕得先克服一些我所不知道的什麼問題。麻煩的是，我根本不知道這些問題到底是什麼！皮包不過就是一只皮包麼？怎麼就這麼難搞呢！奇怪。

——本文收錄於二〇〇三年十月出版《不關風與月》（九歌）

輯三

讓我說個故事給你們聽

都是商鞅害的？

約莫二十年前，曾經在一個聚會中，遇到一位充滿好奇心的怪婆婆。在我被介紹給她的第一時間內，她便隨即展開一連串密不透風讓妳幾乎招架不住的問話：

妳在大學教書！不錯哦！在哪一所大學？……在大學教書每個月可以拿多少薪水？

薪水不錯哦！先生在哪裡上班？

中科院？……聽說那邊的薪水很高，可以領多少錢？

那你們兩人都賺錢，需要拿錢給公公和婆婆嗎？

那娘家呢？妳娘家的爸母都還在嗎？需要妳的薪水幫忙嗎？

你們有孩子嗎？……幾個？……兩個？……查甫抑是查某？……大漢仔是查甫抑是查某？……都讀書未？查甫讀幾年級？……查某的呢？……像你們這麼巧的人，敢不想再生一個？……妳厝住在哪裡？……中正紀念堂邊！地點未壞哦！這陣，那角勢一坪可能未少錢哦！妳厝有幾坪？……哇！這樣買下來攏總著要幾百萬！你們七少年、八少年就有法度買這麼貴的厝，真厲害哦！……

她節節進逼，加減乘除的算術算得又快又精確，一個問題緊接著一個，沒有給我絲毫思考或回絕的時間和空間，那些問題就像漩渦，妳一旦游到附近，很快就會被捲進去滅頂，那旋律有一種奇異的地心引力，讓人不由自主地只能跟著對答如流起來。那天回家的途中，我一直納悶著自己莫非中了邪或被下了蠱？配合度幹嘛那麼高！

那次的經驗，讓我印象深刻。我反覆思量著，那位老婆婆這樣窮追猛問，到底所為何來？非親非故的，看來也並無向我借貸的需求，竟然鉅細靡遺地追問我的身家背景及家庭經濟與結構！

一日，我在課堂上教授韓非子〈定法〉一文，講啊講的，講到「申子未盡於術，商君未盡於法」時，不可避免地談到商鞅變法，忽然腦中一個念頭閃過！呵呵呵！終於讓我給逮到罪魁禍首了！商鞅！沒錯！就是商鞅害的！中國人之愛窺人隱私，果然其來有自。商鞅為了鞏固君主統治，頒布連坐法。「五家為保，十家相連」，規定一家有罪，其他各家如不舉發，一同獲罪。軍隊裡，也五人編為一伍，登記在名冊上，一人逃亡，其他四人就要處罰。也就是說，即使本人未有犯罪行為，但因與犯罪者有某種關係就會受牽連而入罪。這可不得了！鄰居的家庭人口、收入支出、人際關係，不弄個水落石出行嗎！糊里糊塗被株連豈不是太冤枉了。如果你們家裡明明收入僅夠餬口，卻平白多個四十二吋電漿螢幕，跟你被編在同一個單位的鄰居能不防著點兒嗎？萬一是貪汙所得，鄰居缺乏警覺被連累，一判就是幾年牢獄可划不來！萬一明明他家裡只有一對國中階段的兒女，半夜忽然傳出哇哇的嬰兒啼哭聲音，很有可能是因為他太講義氣，不怕死，像《趙氏孤兒》裡的公孫杵臼窩藏通緝犯趙氏孤兒，那還了得！這可是人頭落地的事哪！作為鄰居的你，豈能不隨時眼觀四面、耳聽八方。總之，我終於探究出中國人不厭其煩地探問許多外國人不會輕易啟齒的私人問題，其實跟孟子喜歡和人抬槓一樣，是「予豈好『問』哉！予不得已也」。是為了防患未然，跟商鞅連坐法一定脫不了關係。

這樣一想，立刻豁然開朗，疑團盡釋。

「這可是重要的發現，我將來要寫成重要的學術論文，你們引用時可得說明出處，別侵權哦！」我總是笑著警告聽過我高談闊論的朋友。

二十年過去了！不但傳說中的論文沒寫，我甚至已經忘記了那位怪婆婆。誰知，就在二十年後的一個午後，怪婆婆居然陰魂不散地忽然又回來了！而且大剌剌進駐到我家裡，這事兒說來蹊蹺，卻是千真萬確，且讓我慢慢話說從頭。

那日，午後的陽光微微。來家裡幫忙清潔的美麗，拖著隆隆作響的吸塵器進到我的書房，我立刻按下電腦的儲存鍵，打算撤退到客廳，讓出空間，免得妨礙她的清潔工作。這時，美麗非常有教養地也同時按下吸塵器的停止按鈕。一切歸於寂靜。為了填補短暫的安靜，我邊收拾手邊的書籍，邊和她寒暄。

美麗年近四十，非常用心地教養幾個體貼乖巧的兒女。我之所以說她非常用心，是因為她老在工作空檔，和我討論和兒女溝通的方法。一年下來，透過她提出的諸多問題，我對她的家庭互動堪稱知之甚詳。近幾個月來，我們的談話內容更擴而大之到她的其他家人。她煩惱地向我請教她妹妹的兒子的行為異常問題。包括學習障礙、在學校被同學欺負，導師不但無力為他們排難解紛，還推卸責任地建議他們將孩子轉到啟智班。她氣憤地指責老師，以為孩子不過學習遲緩，根本還不到智能不足地步。我建議她去學校跟老師誠懇詳談，聽聽老師建議的緣由。就這樣，談話逐漸進入關鍵，那天的前一個禮拜，她憂心地說，開學在即，她的外甥因為懼怕上學，竟崩潰痛哭、終夜不止，她請教我該如何處理？當時，我建議她該先帶孩子去醫院的精神科看看。因此，這次的談話就從上次的後續發展開始。我關心她外甥的問題解決了沒？美麗先是感謝我的提醒，因為經過診斷，外甥被認定得了精神分裂症，得住院治療。因為年紀小，家長必須陪同住院，所以，美麗的妹妹只好放下簡單的打工，一起住到醫院裡。以下是我們倆所展開的開放性十足的一番對談：

怎麼從沒聽妳談起過妹夫？妹夫呢？

他們倆離婚了。

離婚了？那他有沒有提供贍養費？否則，妳妹妹母子倆怎麼維生？

妹夫自顧不暇，從來不管他們母子，平常就靠我妹妹打零工賺錢。

打工夠家用嗎？那現在怎麼辦？妳妹妹連打工都不行了。

其實，打工賺不了幾個錢，我們姊妹兄弟有時會給她一些。但是，我們其實也都各自有家庭，給的也有限。弟弟給的多一些，我弟弟人很好！

弟弟結婚了嗎？……妳弟媳婦不會有意見嗎？

弟媳婦雖然嘀嘀咕咕的，我弟弟才不管。

那妳弟弟做什麼的？看起來應該生活還過得不錯，才有能力照顧妹妹。

我弟做進出口貿易，生意做得不錯。不過，最近不景氣……唉！也沒辦法！我那個妹妹腦子有些不靈光，人又胖，不容易找到工作……

哎呀！人生就是這樣，不容易啊！妳弟弟真好！很多情，聽起來很讓人感動哪。

是啊！人好也沒用，他們結婚好幾年，一直沒有生孩子……

啊！怎會這樣？是不想生還是生不……

講到這兒，腦袋裡彷彿一道強光閃過，二十年前的那位怪婆婆的身影忽然在腦海中明晰起來。我警覺到自己實在太超過了！宛如被那位怪婆婆附身。因此，立刻閉嘴、站起身，抓著書本衝出書房。沒料到美麗竟然跟出來，接著說：

怎麼不想生！是生不出來！他們跑醫院跑了好多年，做試管嬰兒……

我躲都沒地方躲，從客廳逃到餐廳，從餐廳又繞到臥房。

現在他們已經徹底放棄了！我勸他們去領養……我弟也不要，說現在那麼不景氣，生意也不好做，朝不保夕，有了孩子……

我保持緘默！美麗正講到興頭，應該是沒有發現我的沉默，繼續說：

其實，沒有孩子也好，免得操心。像我妹妹，生了兒子有什麼用，得了精神分裂，連婆家都不諒解，雖然離婚了，婆婆還管她……

從不孕症到經濟不景氣對夫妻感情的影響；從姊弟關係到婆媳相處……她絮絮叨叨地說著，我顧著禮貌，找不到切入點切斷話題。可是，心裡可真是著急！怎麼辦？我居然變成怪婆婆了！屈指數一數，啊！真慘！我跟當年那位怪婆婆的年紀還真不相上下！天啊！難道這事兒是我冤屈了商鞅！什麼連坐法！壓根兒是因為年紀大的關係。年紀大了，自以為經驗豐富，好為人師，喜歡聽故事，說道理，指導別人！不知從什麼時候開始，我不由自主地變成另一個怪婆婆。而美麗顯然也忘了她來我家的根本目的是清潔屋子，但是，她的理由充分，她得回報我對她的關切。而我，感覺自己居然淪落至此，沮喪之餘，只好穿上衣服，假裝有事出門，結局是流落街頭半日。

這件事，讓我提高了節制好奇心的警覺。然而，不到兩個星期，又發生了一件事。

同樣是天氣晴朗的秋日，跟高中老同學一起到郊區走走。我們在小徑上踩著落葉前進，我一時情緒高昂，邀請他們擇日到家裡來坐坐。同學C愁眉苦臉地低聲告訴我，到時候，她未必能來，為什麼呢？我問。

我媽得了老人失智的毛病，現在家人把她送去安養院，她直吵著要回家，我得隨時待命，回南部去處理。

啊！真是可憐啊！我爸臨終前，其實也有一點失智，但是，當時還沒流行這種用語，也不知道是失智，我們老以為他老人家裝傻、跟我們開玩笑。你們一開始就發現了嗎？

是呀！剛開始也只覺得她越來越難搞，動不動緊張得要命，三番兩次要我緊急回去解決很小的問題。

現在，她還認得妳嗎？

認得吧！恍恍惚惚的，也不知道是不是真認得。我爸死得早，六個姊妹都靠媽媽一手養大。現在這樣，我們心裡也不好受。

那為什麼要送去安養院？你們既然有六個姊妹，沒辦法在家照護嗎？我媽臨終前，都住在家裡，我覺得這樣對病情比較有幫助，有兒女的溫暖支撐不是比較好嗎？

剛開始，我們也是這樣想，所以請了外傭，讓她陪著媽媽在老家住。

妳媽媽有錢支付外傭的費用嗎？你們要不要幫忙出一點？

我媽根本沒有錢，由我們幾個女兒分攤。有能力的就多出一些，家境差的少出點兒。

是啊！是應該這樣的。後來呢？

後來，媽媽的病情越來越嚴重，光靠外傭沒辦法。我建議讓外傭跟著媽媽輪流到各家住，但是我二姊說她家裡空間不夠，連夫妻都沒辦法住一起了，何況是媽媽。

那有空間或有時間照顧的姊妹，多擔待些不行嗎？

哎呀！我們本來也講好有力的出力，有錢的出錢。大夥兒出錢，請家境較差的三姊照料，誰知道三姊夫不同意，說萬一傳說出去，照顧岳母還拿錢，他臉上掛不住。

哎呀！你們家人還真難搞！

可不是！小妹沒結婚，本來大家屬意請她代勞，她竟然說：我不結婚，並不代表老媽就是我的責任，我的事不比你們少，屬於我的責任，我不迴避，但是，人得將心比心，不能全落在我的頭上，我扛不起。你們各個成家立業，有丈夫、兒女可靠，我有什麼！說著、說著眼眶都紅了，我們嚇得從此絕口不敢再提。

那大姊怎麼說？不是說長姊如母嗎？她總該拿個主意。

別提我大姊了！雖然是大姊，什麼事也不管。因為小時候家境不好，她沒能繼續升學，書讀得少，老覺得受了委屈，成天說話酸溜溜的，我們都不敢惹她。

妳排行老幾？你們不是有六姊妹？另一位是姊姊？還是妹妹？她又是怎麼個想法？

這話脫口而出，我自己著實嚇了一跳！怎麼我的心算一下子變得那麼好！我真是這麼關心著朋友嗎？難不成怪婆婆真的又來附身了！我忽然想起日本導演小津安二郎在電影《早安》裡，意味深長地嘲諷人們日常生活的對話既無聊又不衛生，完全跟放屁沒兩樣，對解決實際問題全然沒什麼幫助。可是，奇怪的是，人人避之唯恐不及的響屁，卻是開刀過後的病人千盼萬等的聲音，看來生活裡大家所不屑的應酬話還真是跟放屁一樣，缺之不可哪！否則，請你們反覆檢視我在怪婆婆附身時所說的話，哪一句不是水到渠成地讓溝通繼續往前的推進劑！我可是一步步認真地輸送著溫暖哪！

啊！你說什麼？……商鞅害的？這誤會可大了！我們非但不能怪罪商鞅，還得公開表揚他發明連坐法的貢獻。連坐法為人際溝通的順暢暖身，間接促進了社會的和諧，先前完全是我誤會了他了！

「這麼重要的發現，我將來要寫成重要的學術論文，題目都想好了——《商鞅連坐法與中國人的人際關係研究》，你們引用時可得說明出處，別侵權哦！」

我再度鄭重地聲明。

——本文收錄於二〇一〇年一月出版《純真遺落》（九歌）

豪華郵輪之旅

遊覽車在碼頭停下，全車的人按捺住雀躍的心情靜候。江蘇省作家協會主席陸文夫先生下車去洽詢，薄暮時分，天上烏雲密布，陸先生四下打聽後，指著靠在岸邊的一艘看來久經歲月的輪船，無奈地說：

「就是這艘了！……」

眾人都大吃了一驚，隨即又小心翼翼地隱藏起震驚過度的表情，然而，實在是太意外了，張大的嘴，一時之間不容易收攏，倒顯得神情更加的詭異。陸先生是經過大場面的人，當然看出了我們的猶豫，明快地說：

「沒關係！我再去問問，看看有沒有其他方法。很抱歉！我自己從來沒坐過，也不知道是這樣的船。……」

作為客人的我們，當然不便過度麻煩主人，然而，咫尺之外的那艘輪船委實和想像相去太遠，要仰仗它度過十多個小時的航程確實讓人想起來坐立難安。因此，當他決定再度下車去打聽是否有其他交通工具時，倒也沒有遇到什麼客套的阻攔。

雨絲開始慢慢地飄下。陸先生和他那當導遊的女兒在細雨中幾經折衝，終於還是無功而返。因為實在太晚了，所有遊覽車的司機都回去休息了，而我們正乘坐的這輛車子，明天另有公務，也無法送我們去浙江杭州。陸小姐全身濕淋淋，猶自一迭聲道歉著，面對他們兩人的盛情，全車的人都自覺罪孽深重，領隊中央大學文學院蔡信發院長拿出魄力來了，他背著主人悄聲說：

「我們找兩位代表上船去瞧瞧，如果不是很糟糕，大夥兒就湊合湊合，橫豎不過是一夜，對不對？……」

於是，我自告奮勇和他齊去一探虎穴，兩人帶回「差強人意」的訊息，坐船直渡大運河的事於焉底定。

首先，得把行李送過船去。其他人都好辦，輕便的兩只手提袋，只有研究美學的蕭振邦教授這回做了件不甚美麗的決定。從踏上彼岸開始，他便一路逛書店，瘋狂大採購，書越買越多，行李越推越重，終至演變為一樁讓左右的人看了就頭疼的負荷。那一口大箱子結結實實全裝了書，保守的估計，少說也有七、八十公斤；要搬運這樣的行李，任誰都要嘆氣。隨行的大陸青年小魯真是個好人，二話不說，彎下身便抬，使出了吃奶的力氣，臉紅脖子粗的，好不容易扛出了車外。驀地一陣傾盆大雨從天而降，走到半途的小魯，進退失據，在眾人勸退聲中，又回頭扛了過來。雨下得潑辣極了，小魯被迫放棄行李，隻身上車。那口箱子兀自在雨中的空地上矗立著。忘了是什麼人，順手拿了張塑膠袋，跑下車，往行李上一蓋，匆匆逃上車。塑膠袋實在太小了，完全於事無補，空自在大雨中襯托出行李的笨拙與悲壯。蕭教授不知是向別人解說或自我寬慰地頻頻說：

「沒關係！沒關係！行李袋防水的，防水的……行李袋應該不會浸水的吧！……」聲音越來越小，語氣越來越猶豫，嗜書如命的他，怕是寧可淋雨的是他而不是書吧！

雨越下越大！我握著頭等艙的船票，看著窗外不遠處那艘破舊的輪船，想到那日在南京開「兩岸文學新趨勢研討會」時，被告知會後將有一趟詩情畫意的大運河之旅時心中的興奮，不禁莞爾。主辦單位告訴我們：

「你們都是學文學的，除了開會討論文學新趨勢外，更應該好好親自瀏覽文學作品中描述的意境。開完會，由蘇州到杭州，我們特別安排由大運河前往，在這種雨季裡坐船，讓你們充分享受江南的河上風光。」

我一向是無可救藥的樂觀主義者，一聽這話，當場歡呼起來。一些比較有經驗的教授如台大的周志文先生、中央的顏崑陽先生可就不像我這般見識短窄，隨即謹慎地打聽輪船的狀況，得到的答覆讓這群生長在資本主義下、不耐大陸苦熱的教授群十分寬心：

「放心！是豪華郵輪！兩人一間，有冷氣設備。」

我不知道旁人是怎麼想的，我可是馬上就聯想起在電視影集「愛之船」中的那艘白色的豪華郵輪——有美輪美奐的餐廳，羅曼蒂克的游泳池，寬敞的甲板上隨處可見到含情脈脈的俊男美女……而且，不瞞您說，當晚，我還在夢中跳了一整夜的舞，以致起床時腰瘦背疼。如今，真相揭曉，那艘靜靜地停泊在雨中的老舊輪船原來就是所謂的「豪華郵輪」，你就可以明瞭為什麼大夥兒初識它時嘴巴要張得那麼大以致無法輕易合攏了。

雨終於停了。

我們獲准先行登船。唯一的雙人房，男士們禮讓團裡的兩位女士——印第安那波里斯大學社會系藍采風教授和我。藍教授是我小學同學的姊姊，不管是基於「敬長」或「尊賢」，都該由她先行選擇鋪位，沒想到這簡單的二選一題目，最後卻害得她徹夜輾轉，這是後話，暫且不表。輪船裡裡外外都非常狹小，所謂「甲板」過道，僅容兩人側身而過，而「雙人房」也者，除上下二鋪外，僅有形跡可疑的冷氣機一部，冷氣機上方一張釘得不甚牢靠的桌板，及一簡易洗手檯，其他空間僅容一人站立。我等藍教授在上鋪坐定後，把行李推向下鋪的尾端，冷不防，一群蚊子驚飛四散開來，我一向膽壯，卻也被嚇得出一身冷汗。冷氣有氣無力，所有按鈕悉遭解體；洗手檯上的水龍頭處變不驚地維持藕斷絲連的水量。房裡一股不透氣的霉味，藍教授和我各據一鋪，盤腿而坐，努力地搖著扇子，依然驅不去那股奇異的氣味，我開始慢慢能體會釋迦牟尼修行的艱辛了。

我們的房間正好是船頭的第一間。等到人潮逐漸往船尾疏散，我們才到過道享受河風的吹拂。隔壁房是中山大學文學院鮑國順院長、台大教授朱志宏先生、中央大學劉光能教授及先前提到的周志文教授四人，這時也都簇擁著到船邊來。船就要開了！陸先生和陸小姐已先行離去。汽笛響起，船終於緩緩前行。經過了這一番折騰，大夥兒都有些兒意興闌珊，缺少了像「愛之船」中壯觀的送行者，倚在欄杆的我，竟有點兒林沖夜奔似的蒼涼感受。原本是一件快樂的事，沒道理變成這樣的呀！我覺得有些不甘心！繼之決定讓自己開心一下。乍晴的黃昏，碼頭上只有三名看熱鬧的男孩兒扠著手站在那兒目送我們，我假裝他們是來為我們送行的，用力地朝他們揮手，拉開嗓門喊道：

「再見啊！再見！……」

有趣的事發生了，杵在那兒的三個人突然齊齊地轉過身去看背後，背後沒人呀！他們又轉過身來，這回，我又高喊：

「就是你們啊！再見啊！……」

三個人又往後面看，這次他們往更遠的地方張望，什麼人也沒有呀！又回頭，我仍然熱情地朝他們揮手，周志文一看，也興奮了，也加入揮手行列，更語出驚人地朝他們大喊：

「回去好好孝順父母啊！……」

宏亮的聲音在空氣中迴蕩著，那三個男孩想是聽到了這話，忸怩地相互推擠比畫著，船上的人則無論大小全都忍俊不住，縱聲大笑起來，船越走越快。

船上設備極為簡陋，我們因為來得較早，也沒吃晚餐，本以為要挨餓直到杭州。誰知六點左右，忽然送來了一條紅燒魚、一盤青椒肉絲和一大碗公白飯，我們忙不迭地理出地方擺菜，心中著實感激不已。正添好飯，準備下箸，小弟又送來四盤菜，一大碗湯，弄得我們手忙腳亂的，連水槽裡都疊放著菜和湯。低頭吃著飯的藍教授許久沒說話，猛一抬頭，卻見她捧著飯，眼眶都紅了。兩人吃六菜一湯，而底艙裡還有擠臥在一堆的當地同胞，我們何德何能享受這樣的待遇？難怪研究兩岸社會狀況的藍教授要感慨得幾乎落淚！

入夜後，室外風雨漸大。我們費心把蚊子趕盡殺絕後，緊閉門窗，準備入睡。冷氣依然意興闌珊地吐著氣，屋內越來越熱，藍教授在上鋪翻來覆去，不時坐起來嘆氣。

三十分鐘過後，她終於忍不住發難：

「妳確定有冷氣嗎？」

「沒有！」我斬釘截鐵地回答。

於是，只好打開窗子，任憑好不容易才驅出的蚊蟲再度從容回家。更嚴重的是，汽船的油煙也一股腦隨風而入，惡濁的空氣在室內盤踞。我蜷曲著身子，一面在下鋪和蚊蟲奮戰，一面培養動心忍性的工夫。藍教授依舊在上面輕聲嘆氣，每隔幾分鐘，我就感覺到她似乎又坐了起來，這時，只要一睜眼，準看見她的兩隻腳懸在半空中晃蕩，扇子搧得ㄆㄧㄚ ㄆㄧㄚ作響，有一次，我忍不住問她：

「怎麼啦？」

她如釋重負地說：

「妳也睡不著嗎？我怕吵到妳，可是，我實在受不了天花板上這盞燈，它就直直地刺到我雙眼前，離我的臉不到一尺遠。」

我起來研究了半天，開關被挖空了，一籌莫展，我悄悄地躺回床上。說實在的，浸淫中國文學多年，也常想效古人俠義之風，只是這換床以濟他人之難的念頭實在太過壯烈，以致讓我遲遲未敢啟齒。不是我缺乏俠氣，而是我一向睡覺也極度畏光，我不敢想像頭上頂著一盞黃澄澄的燈泡睡覺會是何等光景！

「如今，唯一的方法只有把燈泡給敲碎，才能一勞永逸。」我躲在陰暗的角落，陰惻惻地想著。

然而，想歸想，我終究還是沒把這斬草除根的方法給建議出來。因為我實在想像不出我們兩人之間，誰會有足夠的勇氣去破壞公物——即使它只是一只小小的燈泡。

天快亮時，我正朦朧欲睡之際，藍教授忽然說話：

「妳睡著了嗎？我的眼鏡壓破了欸！唉！……」

屋漏偏逢連夜雨，可我再撐不住了，我不記得有否回答，迷迷糊糊入了夢鄉。

整整十六小時的航程，比原先預計的多出了四個小時。憑良心說，輪船駛抵港口時，大家都已到達忍耐的極限。藍教授徹夜未眠，我雖睡了近半個鐘頭，卻大汗淋漓，頻頻夢到自己像冰淇淋遇熱般融化為一堆爛泥；隔鄰的先生們則因冷氣太強，又缺乏禦寒衣物而幾乎凍成四枝冰棒；住在船的另一邊的四位男教授則打了一夜的蚊子。下了船後，大夥兒執手相看，都有劫後餘生的喜悅。中央大學王邦雄教授以他一貫不疾不徐的語氣為這趟大運河之旅下了個結論：

「這哪裡是豪華郵輪之旅！根本是魔鬼訓練營！」

不過，大夥兒都承認這是一次難得的經驗，我們打算回台灣後，大力鼓吹親朋好友到大運河來享受「豪華郵輪」，我們會很老實地告訴他們：

「兩人一間，有冷氣設備！」

當然，他們將會和我們一樣發現「豪華」原是一種比較級的說法，是相對於底層的大統艙而言，到時候，他們必會對中國文字的博大精深與變化莫測有更大的敬畏！

當我們在中正國際機場握手告別時，不約而同地彼此互勉：

「回去好好孝順父母！」

這句話真好！放諸四海而皆準。

——本文收錄於一九九四年一月出版《不信溫柔喚不回》（九歌）

鵝肉販的語言暴力

台北市東門市場內，有一位賣鵝肉的男人，大概堪稱市場內最霸氣的生意人。只要和他買過鵝肉的，無不領教過他那種囂張跋扈。

三年多前，我第一回和他打交道。問他：

「鵝肉怎麼賣？一斤多少錢？」

他停下手裡剁著的肉，眼睛睨向我，從鼻子發出不屑的聲音：

「一斤?!哼！」

那時，我剛搬到台北，對台北人還充滿了尊敬，聽他這麼一哼，趕緊慚愧地修正自己的說法：

「哦！對不起……那一兩多少？」

男人的頭，抬得更高了。不屑地重複我的話：

「哼！一兩?!」

我被弄糊塗了，不知道哪裡錯了。大概我的誠惶誠恐的表情，引發了他的惻隱之心，他很高傲地指導我：

「一隻啦！半隻啦！抑是一塊啦……一斤！哼！笑死人咧！」

我首次見識到這般無禮的生意人，不免多加打量一番，發現他不只對我這外地來的人如此，即使是本地人也難逃被他消遣之列。一位顧客只用手指碰了一下攤前的鵝肉，他馬上用力地將那隻鵝扯了過去，變臉呵斥：

「無要賣給你啦！免摸啦！」

客人錯愕地抬頭。他隨即補充道：

「看啥！要買就買啦！亂摸！現在，我無想要賣你了啦！」

客人也氣了，破口罵道：

「你這人那會安捏做生理！歹啥？騙肖仔咧！騙人不曾吃過鵝肉咧！……」

客人嘟嘟囔囔走了，他不甘示弱地大聲喊著：

「有本領你就永遠攏莫來買我的鵝肉！」

我當他那天心情不好，吃了炸藥似的。後來，常去買菜，才發現他天天如此。他用各種千奇百怪的方式來羞辱他的顧客。

一位顧客問他：

「鵝肫怎麼賣？」

他頭也不抬，任憑那人問了四、五次，才不情願地反問：

「你說怎麼賣？」

客人不高興地回說：

「我怎麼知道你要怎麼賣！」

他優哉游哉地放下刀，輕鬆地說：

「你不必知道我怎麼賣，因為我不賣。不是不賣，是不賣給你。」

客人氣得七竅生煙，差點兒沒當場口吐白沫。

他挑客人挑得兇，有時打從他旁邊經過，就聽他一口氣拒絕兩、三位客人，拒絕的理由千奇百怪，但到他嘴裡都變成理直氣壯。譬如：

「我不賣給沒來買過的人。」

「買太少不賣！」

「看你不順眼啦！」

有時，乾脆就直接了當地說：

「無理由啦！不賣就不賣啦！要什麼理由！騙肖仔！不要賺錢煞不行哦！」

奇怪的是，儘管他姿態極高，向每位來光顧的人挑釁，用各式各樣的言語角勝爭雄而且永遠占上風。但是，他的攤位卻仍十分熱鬧，常常只出來做上一個多小時的生意，所有的鵝肉就全賣光了。

漸漸和他熟了些後，我常批評他是全東門市場最驕傲的人。他似乎不但不以為忤，甚至反倒沾沾自喜。有一回，他和我推心置腹，說：

「其實，我做生意最襯采（隨便），只要按照我的規矩來，就沒有問題。」

問題是，他的規矩並沒有什麼規則可循，隨著心情變化，隨時隨地都有新規矩制訂出來。顧客們對他可謂百般隱忍，極盡小心翼翼之能事，但往往還難免被他當眾指斥的命運。一次，我買了隻鵝脖子、兩個鵝肫、四分之一隻鵝，因為太過瑣碎，恐觸他之怒，我幾乎是巴結地涎著臉對他，他包好東西後，面無表情地說：

「三百啦。」

我趕緊如數敬謹奉上，他抽過錢去後，又丟回一張百元大鈔，當眾揶揄我：

「兩百啦！憨人！講三百就正經拿三百，數學這尼差！自己也未曉算看麥咧！我看妳哦！給人捉去賣，還向人說多謝哦！」

我提著東西，趕緊溜之大吉，心裡真是又氣又懊惱。

上個星期，有位婦女要求他把澆在鵝肉上的湯汁另外用一個小塑膠袋裝起，以免湯汁流了滿袋子，怪可惜的。男人倨傲地回答：

「要每一個人攏像妳這尼囉嗦，我生理要安怎做！」

婦人幾近討好地退而求其次說：

「那再多幫我套一個袋子，這樣子，我回家還可以把流出來在裡面袋子裡的湯汁倒出來，好不好？」

男人板著臉孔，冷峻地說：

「不行！我無閒，做不到！」

正當婦人自覺情商失敗，怏怏然欲離開之際。男人突然把刀往砧板上猛力一剁，指著婦人說：

「妳就是要鵝湯嘛！對噯？」

婦人沒料到有這麼一問，不知男人意圖何在，防禦地囁嚅：

「沒有啊！……我只是覺得湯流出來可惜，我又……」

「說一聲嘛！卡阿殺力咧！是不是要鵝湯？」

男人不耐煩地打斷女人的話，女人不知所措，正斟酌著，男人極大派地用手一揮，權威地說：

「來！看有紙和筆噯！把妳的地址寫給我。明天早上，我專工送一大桶鵝湯去恁厝給妳。安怎？免錢啦！」

一旁的人全笑開了。多套一個塑膠袋都嫌麻煩的人，倒寧願花上大把時間專程送去，說他怪，他自己還不肯承認！

最近，鵝價上漲，他也兼賣些烤雞、鹽水雞。前些天，我打從他攤位前經過，看到一位年輕太太指著架上陳列的雞問：

「這是什麼肉？」

他直挺挺地站著，冷冷地回答：

「什麼肉？人肉啦！什麼肉……鵝肉、雞肉攏未曉看，叫妳住庄腳，不住啦！才會什麼肉也不知道啦……」

為何人們甘冒被侮辱的危險而執意向他買肉呢？主要是東門市場內極少賣鵝肉的，而他賣的鵝肉的確又便宜又好吃，套一句男人自己說的話，是：

「如果不是我的鵝肉實在太便宜，你以為這些顧客肯讓我安捏隨便糟蹋嗎？」

我終於有些明白了。他是為著自己的賤價出售而嘔氣著，經年累月地，他把這些委屈一點一滴地用語言暴力轉嫁到顧客身上。而顧客們，約是同我一般，一方面圖方便，一方面為著價格的低廉及嘴饞，長期地貶抑自尊，忍受著他無禮的挑釁，這世界想是十分公平的，一個願打，一個願挨。

——本文收錄於一九九四年一月出版《不信溫柔喚不回》（九歌）

讓我說個故事給你們聽

母親無來由地日漸萎頓、憔悴，步伐越發遲疑，胃口越來越差！像她一樣的老年慢性病患，醫師總是缺乏耐性地敷衍我們的詢問，說：

「年紀大囉！各項機器都慢慢老化囉！多運動、少吃油膩！沒問題的啦！」

我不信邪！分明有些不大對勁，既然日益消瘦，臉孔怎會反倒逐漸豐腴！媽媽心灰意懶地開始交代後事，跟我說：

「這次一定沒法度了！度未過了！我感覺人越來越無力了。厝內那口新買的電子鍋，妳若要，就拿轉來用！我恐驚無法度再轉去煮飯了啦！」

我聽了心如刀割，不知如何是好。一日午後，靜坐冥想，忽然想起市中心的一家私立醫院曾標榜一種所謂的美式門診。掛號費較貴，但可即時預約心儀的醫師，既不必耗費大把時間去大排長龍掛號，也可有充裕時間和醫師慢慢討論。由母親日漸浮腫的臉頰，我判斷和腎臟科或新陳代謝科脫不了干係，當下和醫院取得聯繫，由櫃檯小姐幫我們介紹並排定了一位醫生。

三十分鐘後，我們進到了寬敞潔淨的診療室。五分鐘後，醫生跟進。弄清楚母親比較在行說台語後，醫生開始使用生硬的台語和媽媽溝通。話題從症狀開始，弄清楚症狀已持續了一段時日後，醫生轉頭不高興地用國語責備我們：

「為什麼這麼久才來看病？」

我辯稱曾找過幾位醫師，只是每位醫師都說是年紀大、機器老化的關係。醫生意味深長地看了我一眼，我雖然不是太聰明，但也察覺到他眼睛裡的懷疑！

接著是病史的追蹤。當醫生知道母親既有糖尿病，心臟功能也不甚佳，血壓又高時，他馬上接著質問我們：

「你們去上過課嗎？」

「什麼課？」一向見到醫生便畢恭畢敬的我，經過方才那一次眼光的交會，態度更是謙卑了！

「什麼課？妳媽媽有這麼多的毛病，妳都沒有想辦法去上有關的課程？了解應該注意的事項？好！我問妳：妳知道什麼是糖化血色素嗎？……不知道吧？妳媽媽糖尿病已經七、八年，妳還不知道？……」

「抱歉！我們真的不知道欸！請問在什麼地方有開授這樣的課程？」

「每個大型醫院都有啊！妳不知道那就太離譜了！可見妳多麼不關心母親的健康！」

我吶吶地提不出反駁的話，只心虛地偷偷看了媽媽一眼，慶幸上面的對話是用國語說的，媽媽似乎因還來不及翻譯成台語而不至於感到太過悲傷！大夫看我不說話，竟乘勝追擊，又提出另一個問題：

「沒有去上課就算了！那妳有沒有去請教營養師？我們醫院的一樓有專業營養師，妳跟他們請教過沒？糖尿病患有哪些飲食的禁忌，或者該怎麼吃才安全？妳的媽媽罹患糖尿病這麼久，妳……」

我簡直慚愧欲死了！不過總不能這樣子坐以待斃。於是，我跳過第一個問號，採取迂迴地避重就輕：

「我知道啊！看病的醫生有告訴我們呀！糖尿病患不能多吃含糖食物，甚至米飯等澱粉性食物也要節制。」

「那妳知道一顆芭樂的含糖量有多高？一碗飯又含多少卡路里？一片土司又……」

一個問題接一個問題的提出，醫生顯然跟我玩真的了！我支支吾吾，不知如何回答，他忽然又重重出擊，問道：

「好！就算妳沒時間或不知道醫院有營養師可供諮詢，那我再請教妳：妳家裡買過相關的書籍嗎？妳做過這方面的研究嗎？妳關心過妳的媽媽嗎？沒去上課、不曾請教營養師，連一本書都沒買過……」

正當我窘迫地招架無方，幾乎要惱羞成怒之際，醫師卻緩下了臉色，以高亢的語調嘉許我：

「不過，今天妳知道帶媽媽到我這兒來，總算做對了一件事，這樣就對了！……是呀！妳怎麼知道有這樣的一個美式門診？」

我無端被重重地打入地獄，又莫名其妙地被提升到人間來，心情真是複雜，幾乎不想和他說話了！

他拿出一些他所寫的醫學報導文字，讓我們拿回家研讀。接著給我們三條路選擇：一是繼續類似的門診，掛號費貴之外，也沒有健保給付；二是轉到普通門診去掛號診治，那樣可以減輕負擔，但手續較繁瑣；三是乾脆住院做徹底的檢查。我請求他給我一個專家的建議，他回答道：

「這樣說好了！如果令慈是我的母親，我一定安排她住院檢查！這樣說，妳明白了嗎？醫生只能提供意見，不能幫你們做決定的。」

被數落為不孝子女的我們，不敢再有異詞，乖乖順從了他住院的建議。醫生開了住院單、叮囑我們去辦手續後，請我們靜候住院通知。他作勢送客，我走出門診室大門後，想想，不放心，又折回去問他：

「就這樣？不先開點兒藥，你不是說住院可能得再等上好多天？媽媽已經病懨懨的，能等上那麼久嗎？」

醫生攏齊了手邊的病歷，語帶玄機似地說：

「讓我說個故事給妳聽：有一個人到火車站去，跟賣票的買票。賣票的問他：你要去哪裡？他說：我不知道要去哪裡，我只是要買票，你就賣我一張票好了！妳這情形，就跟那位買票的人一樣。我當然能立刻賣票給妳，或者隨便賣妳一張到最遠的屏東的票。問題是，妳真的是要去屏東嗎？妳去屏東的目的是什麼？到屏東去，解決得了妳的問題嗎？……我這樣說，妳明白了沒有？」

我搔搔頭，走出診療室。媽媽問我，為什麼沒有開藥，我被醫師的故事搞胡塗了，只能假裝很智慧地回答：

「我們又不一定要去屏東！」

媽媽露出困惑的表情。

住院以後，身為主治大夫的他，幾乎每日前來巡查病房時，總不忘記說個故事給我們聽。譬如：當我們請教他，媽媽的糖尿病已經控制得很好了，是不是以後就不會有大問題時，他就告訴我們：

「讓我說個故事給你們聽好了！小學時，我有一個同學好聰明！老師教的數學他都會，也都考一百分。他就想：我都會了，又何必再聽老師上課。於是，便有幾個月不專心聽課。後來再考試時，居然考不及格。他覺得好奇怪！明明以前都會的呀！怎麼會這樣……現在，妳知道我的意思了吧？」

一回，醫生讓媽媽去做眼底螢光血管攝影，因為必須簽下志願書，顯示檢查具有相當的危險性。媽媽因害怕而感到遲疑，和醫生討價還價說：

「醫生，可以不去做眼底螢光血管攝影嗎？我的眼睛看起來又沒怎樣！」

醫生微笑著，好整以暇地回答：

「讓我說個故事給妳聽吧！我很喜歡登山，一回，又要去登山。前一晚，我的朋友就建議我：既然氣象專家任立渝是你的好朋友，何不先去請教他明天的天氣如何。任先生一看，就警告我說：『明天有颱風，千萬不要去登山。』當我轉達了任先生的意見後，另一位不信邪的先生就說：『怎麼會？天氣看起來又沒有怎樣！』結果，妳知道怎樣嗎？他從那天去登山，一去四年，到今天都還沒有回來！……現在，妳知道我的意思了吧！」

媽媽聽了霧煞煞，回頭問我是什麼意思？我聳聳肩膀，告訴她：

「醫生的意思是要聽任立渝的話，不要隨便去登山！」

醫生其實真是個親切的醫師！他不厭其煩地說故事給我們聽，企圖用《詩經》「賦比興」筆法中的「比」，來讓病患從小故事裡知道大道理。他早上說，晚上說，說得我有些不耐煩。於是，我展開以毒攻毒策略，也不厭其煩地以一個接一個在他看來可能十分愚蠢的問題來請教他。我興奮地發現，有一回，醫生終於也開始乏了！居然一反常態地不耐煩回我：

「如果四、五分鐘可以跟妳講解清楚，那我們又何必讀醫科讀了七年！」

檢查的結果陸續出來。甲狀腺激素明顯不足，腎臟功能略有缺失。醫生看過檢查結果後，交代過幾天必須回到門診來看他及另一位甲狀腺科醫生。他簡單交代住院醫生後，就離去。腎臟開了藥，甲狀腺則必須等門診後再議。我憂心母親日益萎頓，邊辦出院手續，邊死纏爛打地要住院醫生開些甲狀腺機能不足的補充藥品。醫生拗不過我，只好找來一位甲狀腺科醫生來問診。事情終於真相大白！原來！母親甲狀腺多年前割除後，一直服藥補充。近幾個月來，她的家庭醫生突然建議她停止服藥，以致機能嚴重不足，造成雙腿無力、臉孔腫大、頭昏眼花。

在其後的追蹤門診時，我驕傲地告訴醫師，我在出院前一刻的睿智發現。他以為我強迫住院的腎臟科醫生開新陳代謝科的藥，又開始苦口婆心地教誨我：

「讓我說個故事給妳聽：我們上小學時，因為師資不足，所以，有一位音樂老師就被迫去教歷史，結果我們的歷史被教得亂七八糟……現在，妳知道我的意思了吧？」

教訓完畢後，他像老師一樣，問我：

「怎麼樣？給妳的家庭作業帶來沒有？」

我丈二金剛摸不著頭腦，只能露出尷尬的笑容。他接著說：

「我不是要妳每天幫媽媽量血壓嗎？妳有沒有做作業呢？」

我恍然大悟且如釋重負地急急回答：

「做了！做了！怎敢沒做呢？我每天都幫媽媽量了！而且還仔細做了紀錄哪！」

醫生攤開手心，問：

「那紀錄呢？帶來了嗎？」

我搓搓手，難為情地回說：

「忘了！不好意思！匆匆忙忙地。」

醫生完全無視於外頭人潮洶湧的候診病患，慢條斯理地又說：

「我又要說個故事給妳聽囉！我上小學時，有一位好朋友。每回早上繳作業時，他總是繳不出來。老師問他：作業寫了嗎？他總是理直氣壯地回答：寫完啦！老師就教他將寫好的作業拿出來，他每次都說忘了帶！結果仍免不了被竹筍炒肉絲伺候……現在，妳知道我的意思了吧？」

天哪！怎麼有那麼多的故事！我帶著媽媽倉皇逃出問診室，媽媽用疑惑的眼神問我醫生到底在說些什麼？我苦笑著瞎掰：

「醫生說因為他的小學歷史老師教得很糟糕，所以他常常沒繳作業！也因此常常挨揍。」

回家的路上，我越想越不是滋味！一向只扮演說故事給學生或讀者聽的角色，如今，卻無端落得被迫乖乖聽故事。我不禁在心裡陰陰地盤算著：下次，再進診療室時，一定要跟醫生開個玩笑。在他的第一個故事開始前，搶先告訴他：

「且慢！這次先讓我說個故事給你聽：以前，有一位很愛說故事的醫生，天天說故事給患者和家屬聽。早上講、晚上講；入院時講，出院前還講；回去門診時也沒放過。生病的人及沒病的家屬都因此相繼得了聽故事症候群，頭昏、眼花，外加焦慮不安……現在，你知道我的意思了嗎？」

可是，我終究沒將這個想了又想的玩笑，付諸行動！因為，我怕聽完我的故事的醫生，也許又要說更多的故事給我聽！所以，我只能再三在心裡暗自揣想醫生在聽完我的故事後的愕然表情，並阿Q地反芻報復後的快感。甚至，為了免去這般的竊喜可能帶來的嚴重壓抑，我決定也說一個故事給你們聽……現在，你們知道我的意思了吧？

——本文收錄於二〇〇〇年八月出版《讓我說個故事給你們聽》（九歌）

民調內幕

財劃法覆議案通過之後，TVBS隨即公布了一份民調，說台灣民眾對馬英九的滿意度跌到了百分之五十九的新低；所謂的專家學者馬上被請到電視上進行解讀，正在他們口沫橫飛地放言高論之際，忽然，螢光幕上的跑馬燈又打出了民眾對馬市長滿意度創下百分之七十一新高的消息。我以為我的眼睛花了或腦子糊了，經過努力辨識、研究，才知道兩份迥然不同的民調原來是出自不同的民調單位。然而，他們都在記者會上很專業地強調：

「誤差值在正負百分之三點二左右。」

問卷調查是近年來新興的熱門話題，台灣的民眾，動不動便會接到電話訪問。你覺得李登輝挺連還是挺扁？如果明天就選台北市長，你會投票給誰？你贊成國親合作嗎？你贊成停建核四嗎？……據我所知，有些朋友根本對這樣的民調不予理會，一聽到「可以借用您幾分鐘的時間……」馬上當機立斷地掛斷電話，以徹底終結接續下來的糾纏；自從一回在學生的作文中得知從事問卷調查打工所遭遇的種種無情打擊及心酸後，每回接到類似的電話，我總盡量滿足這些年輕朋友的謀生需求。而像我這般常懷婦人之仁的人，注定被捲入邏輯思考錯亂漩渦中也是意料中事。

台灣的民調，通常和政治脫不了干係。奇怪的是，我曾經接到一通訪問意圖不明的電話，至今想來，仍搞不清楚個中玄虛。從頭到尾，都沒有提到陳水扁、馬英九、李登輝、宋楚瑜或連戰的大名，在近年來的民調裡算是異軍突起，讓我頗為納悶：

「你們家幾個人？」

「多久吃一包米？」

「你們習慣吃哪一種品牌的米？」

「你有偏愛的品牌嗎？」

「你們的米都在哪裡購買的？」

…………

每問一題，我的情緒就往下掉落一些，直到訪問結束，我確定自己已陷身高度沮喪裡。從種種跡象顯示，我絕對是一位不適任的家庭主婦。除了第一道問題還能斬釘截鐵的迅速作答外，接續下來的，我幾乎每題都陷入長考，卻仍無法提供明確答案。我既不知道我們吃的是哪一種品牌的米，更無從得知多久吃一包米，甚至於「從何處購得」這樣簡單的問題，我一概茫昧無知。家庭主婦做到這樣的程度，還不引咎辭職，實在是恬不知恥。

每次放下被訪的電話後，我總是對自己的表現感到極度的不滿。分明是一個冰雪聰明的女子，怎麼說出來的答案幾乎全顛三倒四、漏洞百出兼前後矛盾。妳對市政滿意嗎？滿意。如果給分數，妳會給幾分？八十五。妳覺得台北的交通狀況有改善嗎？沒有。妳覺得台北的治安較諸陳水扁主政的年代有進步嗎？沒有……妳覺得馬市長掃黃的成效好嗎？不怎麼樣！……沒有！……沒有……

「那妳到底滿意什麼呢？幾乎所有市政都沒改善啊！妳的頭殼壞了嗎？」如果訪問者夠細心，他應該立刻提出這樣的質疑。只是，奇怪的是，答案容或如此前言不對後語，也從來未曾接獲任何的指正。而我常常思考的是，這樣的問卷到底有什麼參考價值。

工讀生們多半還算敬業，雖然，做一份調查只區區幾元，仍秉持鍥而不舍、追根究柢的精神。不過，必欲得知而後快的決心，往往讓他們的言語充滿暗示性。也許是願意接受採訪的人實在太少了，所以，只要逮到一位，即使是像我這麼不上道的受訪者，他們都能訪問得津津有味。就以最近的一次民調來說吧！訪問的女學生真是耐力驚人。她問：

「妳知道台北市政府正在推行的『行人犬』嗎？」

啊！什麼？行人犬？

「妳覺得推行行人權之後，台北市的司機有比較禮讓行人嗎？」

啊！原來是「行人權」！因為不知道，所以沒觀察。

「就請答覆『有』或『沒有』，就可以了。」

嗯！如果有，我一定會感覺到，應該是沒有。

「好！那請問妳開車嗎？妳會不會禮讓行人？」

這問題問得好！但是，我才不會告訴妳我跟行人搶路才搶得凶哪！絕不讓。雖然，確知她看不到我的表情，我卻仍不自覺地做出慈眉善目的樣子，回說：當然禮讓囉！好國民嘛！交通得靠大家一起來努力。

「請問妳開車上下班，總共要花多少時間？妳覺得台北市的交通情況好嗎？」

約莫五十分鐘。交通狀況嘛？還算不錯。

「意思是比阿扁當市長時好嗎？」

我這樣說了嗎？我覺得差不多呀！沒什麼改變。

「那意思是比較好？或比較壞？」

妳這樣問，就好像強迫我表態比較喜歡兒子或女兒，太難為人了！

「請問妳覺得台北市公廁的衛生紙提供怎麼樣？」

衛生紙提供？台北的公廁有提供衛生紙嗎？那真是太好了！

「妳覺得好不好？」

什麼好不好？是提供衛生紙好不好，還是提供的狀況好不好？如果是前者，當然好囉！如果指的是後者，抱歉！我有多年沒上過台北市的公廁了。

「妳覺得台北市公廁的清潔狀況好嗎？」

哇噻！怎麼又來了！我不是才說我很久沒上公廁了嗎？怎麼還問。小姐！很抱歉這一題我也很難回答，沒去過，怎麼說呢？

「沒關係，妳只要說好或不好，就可以了！」

我不知道，這一題，若是妳願意，就幫我回答好了，我不會。

「那就是好囉！」

誰有時間跟妳辯論！隨便妳啦。

「請問妳對馬英九掃黃的成效滿意嗎？」

哈！問我？我怎會知道！我既非老鴇，也非嫖客，更不是……我能怎麼說呢？何況，我覺得掃黃注定失敗。人之大欲，自古以來，就沒有掃黃成功的。

「那意思是不滿意囉？」

別亂栽贓。我什麼時候說過不滿意？

「那麼是滿意了！」

我可沒那麼說！

「那就是不滿意嘛！那妳覺得馬市長的掃黃有什麼可資改進之處？」

改進？我不覺得需要改進。

「那妳剛剛不是說不滿意？不滿意當然要改進囉！」

我是主張掃黃無用論的。掃了半天，只是化明為暗，化暗為黑，更加複雜。重要的是……我正待好好發揮我的議論，訪問人一看大事不妙，趕緊不耐煩地打斷：

「這樣吧！我講幾點，妳來選擇好了：一是加強臨檢次數，二是杜絕人蛇集團，三是加強員警風紀，四是……」

她把申論題簡化為選擇題。我只好跟著配合。只是她講得又急又快，我來不及聽。說說看，加強員警風紀是第幾？

「第三！」

好啦，就挑第三好了！員警風紀不只用於掃黃，根本需要大力整飭。死纏爛打的，女學生得到所有需要的答案，吁了一口氣。接著問：

「請問妳的政黨傾向。」

我機警地看了看四周，對著話筒一派輕鬆地強調沒有特別的傾向！不過，可以確定不是共產黨就是了。

訪者不死心，好像洞察了我的心事般，說：

「選舉時，妳可能會選哪一黨的候選人啊？心裡總有個譜吧！說說看，沒關係，我們這是無記名的。」

我確定沒有特定的政黨傾向，年年選不同的政黨，今年還沒決定。

「那一定是在野黨囉！國民黨？還是親民黨？」

才不是哪！說過了，這是祕密。

「那就很清楚了，投民進黨的，是不是？」

這是什麼邏輯！我被糾纏得實在火大了，很沒有風度地回她：

「我憑什麼要告訴妳！連我先生我都沒告訴他！」

她沒料到這樣的回答，楞了一下，笑著回說：

「妳不講，那我隨便寫了……請問妳的最高學歷？」

想了一秒鐘，我決定撒個小謊，不能讓她覺得念到博士怎麼那麼番！我自降三級，國中程度。

「最後，請問妳今年幾歲？」

欸！我才不上當。年齡是女人的祕密，當初和先生結婚時，我都少報了三歲，我幹嘛要據實以告！

「有二十歲嗎？」女子不耐煩了！自行猜測。

二十就二十吧！阿彌陀佛！總算結束了。

諸位看官！這樣的民調有參考的價值嗎？你可以想像有多少像我這樣的痞子同時在電話裡信口開河，而所謂的「專家學者」，卻一本正經地拿著工讀生歸納出來的數據，在記者會上夸夸其言；而記者們則在電腦鍵盤上裝模作樣地 key in，次日，在媒體上，當作金科玉律般地公布，讓這些數字成為茶餘飯後的談資。其實，大夥兒都忽略了民調的作用，其實不只在我們熟知的影響選情、製造假象或造成輿論而已，重要的是，這些數據最後還會幫助某些教授寫成論文，或者拿博士學位，或者升等加薪，或者得到國科會的獎助。我衷心期待，在他們功成名就或得到大筆的獎勵金時，不要忘掉曾經苦心孤詣成全他們的、像我一樣的善良老百姓。

——本文收錄於二〇一〇年六月出版《五十歲的公主》（九歌）

聲音

莫名所以的，她掉進環繞的聲音陷阱中，四顧惶然。

不定時的，有鳥叫的聲音傳入耳中，聲音雖小卻顯清脆。春日負暄，她以為是陽台上的花草招來了鳥兒，細細辨認，卻又分明不來自戶外。斷斷續續的，隔一段時間就出現個幾聲，等警覺到而循聲尋找時，它又悶不吭聲了。窗外，綠葉兀自舒徐引頸，絲毫不驚；屋內，微塵在透入的光線中載浮載沉。聲音如此微弱，像是受創後的無力掙扎。

起先還以為是工作忙碌所導致的妄想，母親臨終前，不是老錯覺冷氣機裡發出大蚵仔（蚯蚓）的叫聲嗎！因為前車之鑑，她怕被家人發現可能出現和母親同樣的症狀，驚懼猶疑，遲遲不敢提問。直到有一晚丈夫納悶發問：「怎麼老是聽到鳥兒小小的叫聲，到底從哪裡發出的？」她才如釋重負，連同家人一塊兒展開緝凶行動。

幾天下來，毫無斬獲。聲音非常短促且藕斷絲連，似有若無的，總要在聲響出現一兩次後，待在家中的三人才偏頭尋聲，放下手邊的工作，分頭奔赴可疑的角落張望。一個星期後，共識逐漸形成：聲音彷彿來自屋子中央自客廳蜿蜒到廚房的細長走道。會是壁虎嗎？一度大家懷疑是中部的壁虎不小心被行李夾帶北上後所發出的想家哀號（不知聽誰說過，北部的壁虎ＥＱ較高，一逕保持沉默）。然而，經過地毯式的細膩搜尋，兩面長長的白牆上，除了丈夫的兩排畫作高掛外，什麼也沒有。一次、兩次、三次……懸疑性越來越高，她皺著眉，神經質地開始懷疑是不是畫作上高掛枝頭的鳥兒忍不住低聲啁啾，女兒笑說：

「妳不會是最近看太多魔幻寫實小說了吧！」

她坐在沙發上呵呵駭笑，忽然聽到自己的肚子幽幽發出奇怪的聲響，好似和方才的鳥叫相唱和。女兒和她同時大吃一驚：

「啊！不會是從妳的肚子發出的聲音吧！」女兒飛快提出合理的懷疑。

「會嗎？難道這幾天的聲音都是我所發出的？」她驚慌地反覆自我省視，肚子也許也被驚動了，嚇得從此噤聲。

她驀然想起剛搬到台北的那日午後，經過種種包紮綑綁搬運的勞累後，全家人紛紛倒臥客廳沙發上，幾乎不省人事。屋內亂成一團，皮箱紙箱家具挨擠在一塊兒。九月天，尚且不見秋色，室內冷氣嘩嘩作響，大家都累得像狗，只差沒吐舌。忽然，唧唧的小雞叫聲從不知哪口箱中慌慌傳出，四個人同時豎起耳朵和身子，人人雙眼圓睜，幾乎魂不附體了！

不管聲音發自哪口皮箱或紙箱，想起來便要全身起雞皮疙瘩，難不成因為天氣炎熱而在箱內孵出一窩小雞來了！萬一開了箱，走出雞子，豈不要讓人魂飛魄散。這時，平日鮮少被尊奉的一家之主的男人，即刻被拱為名符其實的家庭要角，被賦予揭開謎底的重任。他將耳朵靠近箱子，一口一口檢視，終於找到聲音之所從來，大夥兒按捺住差點兒跳出胸口的心臟，將皮箱拉鍊拉開翻找，原來竟是一只鬧鐘！那樣的午後太魔幻，鬧鐘猶帶琵琶半遮面的羞澀出「箱」之後，搬家北上之事才算徹底完成革新。

鬧鐘嗎？難道這回也是鬧鐘鬧場來了？

因為長年失眠，她囤積十幾個鬧鐘，就排排蹲坐床邊的小几上。有的是已然出去自立門戶的兒子留下的；有的是從女兒的房間蒐羅來的；好幾個是她旅遊時購置的，她老擔心它們會隨時莫名其妙怠工或生病，就算遠離工作崗位的休閒，她依然對旅邸的 morning call 不改存疑習慣，深恐被遺忘而錯過預訂的旅程。她的憂心不是沒有道理，她常在鬧鐘設定時間將屆時，凝眸注視，確實有些時刻逮到它們逾時卻仍不言不語的靜坐，讓她驚出一身冷汗。事實上，她從來不曾讓鬧鐘鬧醒過，總是趕在鬧鈴響起前就起身，既然並不仰賴它，她也不知為何自己如此看重鬧鐘的功能。最讓她驚慌的是，鬧鐘的壽命偏短，只要年齡稍長，常常陷入瘋狂，精神狀況相當不穩定。在不提防的午後或深夜，常有狀況外的演出，將好不容易才睡著的她，從睡夢中急急叫醒！難道這陣子的鳥叫聲也是其中一只鬧鐘的精神狀況出了問題？當她一個個仔細檢查時，所有鬧鐘卻都露出無辜的表情。

一日，她坐在書房內，將雙腳抬高擱置另一張座椅上，和朋友煲電話，忽然，那輕輕的鳥叫聲從身邊細細傳來，婉轉輕薄，她轉過頭一看，真相大白！原來鳥叫的聲音居然出自電腦螢幕上兒子前些日子幫她設定的保護程式——一群穿梭來去的游魚居然發出鳥叫的唧啾！真是太讓人驚訝了！幾日來的疑惑盡釋，她朝著電話的那頭高聲歡呼，朋友不知就裡，以為她無端發狂，就像那些個神經兮兮的鬧鐘。

她設法將聲音從電腦中消滅後，才注意到聲音無所不在地在這個號稱首善之都的城市中大力宣示它的主權。凌晨時分，屋外的流動市場已然開始磨刀霍霍，豬肉販大刀揮向砧板的力道直撲枕邊；早起的老媽媽在窗外用著元氣淋漓的聲音和攤販議價；她聽著看似毫無效率卻又真實發揮功效的冗長對話，睜著眼，追隨一格一格顫抖的鬧鐘指針迎接黎明的太陽。有風的早晨，外頭風鈴還湊熱鬧似地前來叮噹作響。十點左右，賣竹竿、草蓆、桌罩、掃把的小販，不停放送兜攬的廣告詞；收購壞冰箱、壞熱水爐的二手生意人也頻頻用麥克風昭告天下；午飯過後，「修理紗窗紗門，換玻璃，各種的輪仔；換紗窗、換紗門……」的廣播車沿街叫喚；然後是「正港草湖的枝仔冰、紅豆冰……」引誘著被熱氣蒸騰的人們。黃昏時分，「來了，土窯雞！好呷的土窯雞擱來囉！」、「芋粿、紅豆甜粿」相繼上場；「雞腳、雞翅、肉粽！」則驚擾了沉沉的夜色。凌晨時分，還有收餿水的車子定時爆發出震耳欲聾的馬達聲。

城市裡，不得安寧。回中部鄉下，也一樣塵囂不斷。隔鄰房客的狗叫連連，早也叫、夜也吼，不堪其擾，她說：「請搬家吧！我們屋子不租人了。」幾天後，房客乞憐：「我們已設法將小狗搬遷到南屯去，就讓我們住到明年孩子國中畢業，學業告一個段落吧！我一個人帶著四個孩子過日子不容易……」聲音越說越微弱，就算鐵石心腸也要成為繞指柔。

狗的問題輕易解決，野貓思春的叫聲，咿咿嗚嗚如嬰啼，成群結隊從斜前方荒廢屋宇內傳出，藕斷絲連的，讓人好不煩惱，卻因明確知道完全束手無策，倒也死心塌地和它和平共處，幸而思春期通常不會太長，知道忍耐有時限，一切都好說。最可怕的是，再隔鄰的一戶人家，家中孩童日日啼哭，自嬰兒至今約三年餘，每每在午後三點左右，總是啼哭至肝腸寸斷的程度，幾乎無一日稍歇。應該是午睡醒來的起床氣吧！聲音之宏亮，時間延續之久長，無與倫比。學會說話後，一逕哭喊：「阿嬤！我不要啦！人家不要啦！」那家的阿嬤倒是挺有耐性的，當是課外娛樂似的，有一搭沒一搭地哄著：「要無，要安怎？」、「麥擱哭啊啦」！只是全然徒勞無功。

小朋友堪稱丹田有力，聲震四鄰。「這女孩真是被阿嬤寵壞了，怎麼那麼能哭！沒完沒了的。」丈夫無奈地抱怨。怎麼會是女孩！長期以來，她總理所當然憑聲音斷定是個精壯男孩，丈夫駭異：「怎麼會是男孩！那麼愛哭。」她說丈夫這叫性別歧視，愛哭哪分男女。她轉頭徵詢女兒，女兒傾向男孩可能性高，女兒的理由有意思：「鄉下阿嬤不會容忍女孩撒野，對長孫的寬容度比較大。」女兒一語道出了她隱約的想法。圍牆圍住的院落，只聞其聲，未見其人，何況，他們偶爾回鄉休假，並非常居此處，要尋求正確答案，得碰碰運氣。

終於，一日黃昏，真相揭曉。一家三口相偕出外散步，那家阿嬤就牽著三歲小孫站在門口，梳著整齊的西裝頭，玲瓏剔透模樣，她忍不住逗孩子：「很健康哦！哭起來聲音很大哦！」那位阿嬤哭笑不得，「歹勢！真愛哭，我實在凍伊未著。」丈夫赧然承認心中確存偏見，此事至今仍未落幕，戲碼仍舊天天上演。

以為出得城來，一切的煩囂將趨安靜，誰知聲音真是無所不在。米茶經過，蒸汽笛聲有如魔音穿腦；烤番薯的攤販，以不帶絲毫感情的國台語雙聲帶重複宣告：「番薯！好呷的番薯來囉！」如今，里長更學起電視中的泡麵的半套廣告，一輛車子不時沿街宣達政令，選舉、健康檢查、里民大會、參觀旅遊活動……沒完沒了。

城鄉盡皆沉沉陷落在聲音當中。

——本文收錄於二〇一三年八月出版《在碧綠的夏色裡》（九歌）

速度

回到鄉下，速度陡然慢了下來。

郵局裡，五位行員，談談笑笑，和來辦事的民眾像是一家人般渾然無間。

36號，她抽出了一張號碼單，抬頭看了燈號，已經到了33號，估量幾分鐘之內，應該可以完成手續。在椅子上坐下來，心裡有點著急，車子臨停在黃線上，不知道會不會被拖吊。游目四顧：穿夾腳拖的，嚼檳榔的、拄著拐杖的……或坐或站，倒全都一派自在的模樣。

年輕的女行員很和氣地跟一位婦人說：「大寫的伍不能寫成『五』，要有人字邊。」婦人不服：「阮以前攏嘛安捏寫，恁這些少年的，哪會這尼九怪！橫直攏是五千塊，安怎寫還不是五千塊！」「哦！恁以前領錢不曾寫過有人字邊哦！但是，這陣規定攏著安捏寫哪！」女孩子露出驚奇的表情，撒嬌地加了一句：「郵局規定的，那無，汝給我拜託一下啦！寫一下啦！」婦人不情願，要賴：「要無，我借問汝哩！有人字邊跟無人字邊有什麼不共款？加上人字邊，汝敢會給我卡多錢？」婦人說得興起，還回頭跟等在那兒的其他人尋求共鳴：「五千塊的『五』，恁敢有寫人字邊？」大夥兒全笑開了，沒人搭腔。女孩子一張天真無邪的臉仍舊帶著笑，耐心地等著。婦人想必是覺得女孩刁難，於是說：「既然汝認為應該加人字邊，要無，汝就自己填下去啊。」女孩一逕耐心十足地解釋：「啊！不行啦！一定要妳自己寫啦！我如果填上去，就是偽造文書啦！」

34號燈亮，另一位阿巴桑趨近旁邊窗口，裡頭是位中年男子。男子接過婦人遞過的單子，笑著說：「汝是要寄給銀行，不是寄給另外一個郵局，不能填這種單仔啦！汝要填的是這種的啦！」男子順勢從桌子旁邊抽出一張單子遞給婦人。婦人轉過身，對著閒閒站在門外的丈夫說：

「哎呀！伊講汝填不對單仔啦！」

那位先生不慌不忙，兩人就隔空交談起來。「哪會安捏？」「我哪會知！」「要無，要填哪一種？」「……」他們完全無視於大夥兒的鵠候，可也奇怪，眾人就乖乖等在那兒，包括窗口內的職員，都專心聽他們你一言、我一語地喬，就等夫妻倆做出決定。兩個窗口的號誌都一動也不動。

第三個窗口的燈號始終停留在27號，窗口內是一位年輕的男子，他埋頭看著什麼似的，偶或站起來輕鬆地提起兩袋看起來像銅板的東西，在空間狹窄的窗口內走過來、踱過去，喃喃自語。時間一分一秒地經過，另一邊負責郵務的窗口前，空蕩蕩，兩位郵務員工兀自閒聊著昨晚的約會。

怎麼這麼沒效率！閒著的員工為什麼不過來支援？那位自語的男子是精神出了什麼狀況嗎？還有，那兩位夫妻不是該退到另一邊去商量，把窗口讓出來給後面的人先辦嗎？而那位沒有學過國字「伍」的女人，到底要鬧到什麼時候呢？她乾坐著，越來越氣，這若是發生在都會的郵局，怕不早就被檢舉了！「超沒效率的！真是。」正想發飆，那位堅持不寫國字「伍」的婦人終於就範且辦好手續。她不等燈號亮起，趨前去。沒料到婦人忽然指著牆上貼著的存款利率又另闢話題。笑容可掬的少女真是好大的耐性！依舊笑臉盈盈：「定存時間不同，所以利率當然不一樣……」

婦人歪纏爛打半晌，終於滿意地離開，屬於她的燈號才終於亮起。她氣極了，憤恨地將存簿遞上，正想好好數落一番，沒料到女孩睜大了眼睛，用可掬的笑臉問她：「哎呀！妳的皮膚好白！好漂亮！妳是怎麼保養的？」她臉上的寒霜，瞬間融化成一朵朵盛開且美麗的花，心裡想著：

「真是好親切的小姐啊！服務真周到啊！……呵呵！急什麼呢！車子愛拖就讓他拖

去好了！排在後頭的人稍等一會兒又怎樣！人生就得這樣慢慢兒地過，現在大夥兒不都正提倡慢活的概念嗎！」

慢條斯理的，她和女孩開始切磋起肌膚保養之道。

——本文收錄於二〇一三年八月出版《在碧綠的夏色裡》（九歌）

蟬鳴熾烈的午後

酷熱的午後，教室外，群蟬競鳴，熱鬧非凡；教室內，氣息微微，鴉雀無聲。韓愈〈原道〉的威力顯然不敵周公的魅力。我汗流浹背，卯足了勁兒、聲嘶力竭地拚鬥著，不時插科打諢，企圖和引誘學生的周公拔河。有幾位上進有為的青年，仍舊勉力地痛苦掙扎著，眼皮忽焉下垂，隨即又警醒地撐開，連我看了都覺不忍。靠近窗邊的男生索性趴在桌上，看來已經束手就擒了有好一會兒功夫，我估量著應該休息足夠了，便故意走到他的跟前，往桌面上一拍：

「驚堂木一拍！……哎呀！對不起！吵到你了，怎麼樣？」

被這一攪和，男生驚得睡意全消，以為我正問著什麼問題，立即站起身來。囁嚅地說：

「啊！什麼？……請老師再說一次題目。」

陷入輕度昏迷狀態中的同學紛紛醒轉了過來，哈哈大笑。哪有什麼題目！不過，既然送上門來，就讓他好好表現一下好了，我說：

「就請說一說你所認識的韓愈好了，說說看他是一個什麼樣的人？」

「韓愈……是個……好像是個很會帶兵打仗的將領。最後被猜忌他的君主給殺了。」

韓愈？很會帶兵打仗？同學都笑開了！我點名笑得最猖狂的學生問：

「哪裡不對？你說說看。」

「很會帶兵打仗的不是韓愈，是韓信，曾經布局背水陣，跟張耳攻打趙國，打得趙王歇如落花流水的。」

哇！不錯！還念過《史記‧淮陰侯列傳》！正當在心裡嘉許著他的素養的當兒，他忽然又得意洋洋地補充了一句：

「可惜，後來被劉備的太太給設計殺掉了！」

這會兒，連深度昏迷中的同學都被笑聲吵醒了！我走到一位剛被驚醒的女生前面，請她起身評論一下。她被笑聲搞得有些錯亂，慌慌地說：

「韓信是被劉備的太太殺掉的嗎？……好像是被蕭何和劉邦的太太呂后合力設計殺掉的吧？劉邦才是跟關羽爭天下的那位吧！電影〈霸王別姬〉裡不就演的關羽打輸了，

和張國榮飾演的虞姬道別的嘛！當初，劉邦和關羽……」

劉邦跟關羽爭天下？我氣極了！這樣胡搞瞎搞成什麼樣兒！有人受不了了，不待我點名，便自告奮勇站起來指正：

「劉邦不是跟關羽爭天下啦！是跟項羽啦！這是秦、漢之際的事，干關羽什麼事！三歲小孩都知道，關羽是三國時代跟劉備、岳飛桃園三結義的那位嘛，你搞錯時代了啦。」

教室裡的氣氛幾乎陷入瘋狂熱烈的境地，韓愈、韓信；劉備、劉邦；關羽、項羽；岳飛、張飛……同學們興致勃勃地相互糾正著、調笑著，岳飛打張飛，打得滿天飛！窗外的蟬鳴也越發熾烈了起來。

——本文收錄於二〇〇四年十月出版《像我這樣的老師》（九歌）

輯四

煩惱更勝三千

尋求花樣年華

平生第一次上美容院燙髮的經驗真是悲壯！十八歲，正當愛臉的年紀。雖然考上的不是太理想的大學，但總是有了具體的歸宿，值得慶祝。學費還沒著落，且不去發愁，和過去威權體制徹底決裂，是非從清湯掛麵下手不可的。母親帶著我到菜市場邊的美容院去，只三言兩語交代，老闆娘便呵呵笑著說：

「沒問題！交給我就行！」

我當時對人情世故真是太缺乏理解了，看她信心滿滿，竟不疑有他。於是，逕自埋首帶去的言情小說裡。等我被提醒著，從書中抬起頭來，不禁淚如泉湧！鬈曲的頭髮像一隻隻匍匐的小章魚盤據腦殼，我瞬間老了約莫三十歲。老闆娘看出我的悲痛欲絕，以為我為小說裡的故事涕泗縱橫，還勸我：

「小說攏嘛編些亂七八糟的愛情故事，減看一些，活卡久長。」

她哪裡知道，為了那些小章魚，我是恨不能一頭撞死的。

從那年起，和美容院打交道的次數隨年齡的增長成正比，但是，心情則依舊。洗頭、吹頭還算勉強湊合，但凡剪髮、燙髮，沒有一次不是不歡而散！雖則如此，卻仍屢敗屢戰，每回仍舊賈其餘勇，充滿想像力地前去尋求花樣年華，每回也都不出所料地含悲忍淚回家。

燙髮是女人永世無法脫逃的魔咒，這樣的說法，大多數的女性恐怕都沒有異議。不管上回燙髮的經驗有多慘烈，每隔一段時間，女人總會重整旗鼓，再接再厲。李白說：「白髮三千丈，緣愁似箇長」，愁歸愁，頭髮可不能真的留它三千丈，剪髮或燙髮是終結它成愁的唯一方法。失戀、不順心、走霉運時有可能發生，剪掉長髮或燙個新髮型經常被認為是脫胎換骨、一新耳目的最簡單扼要方式。

進美容院，也許只為下午的一個應酬去洗頭、吹頭，卻往往無法輕易地脫身。髮姊一邊幫你在泡沫橫飛的頭上搓揉，一邊會不經意似地皺起眉頭，說：

「妳的髮質很差哦！又粗、又硬、又分叉！」

首先用屈辱法將妳的頭髮打入十八層地獄，眉頭皺得像堆小山，讓妳誤以為她看到的是滿頭的「鋼絲」！接著，會繼起警告，若不及時痛改前非，後果之不堪設想，將使妳鐵定提前過更年期。當妳正心驚膽跳之際，她會立刻乘勝追擊，安慰顧客毋庸過度憂心，店裡正好新進一批效果奇佳的保養霜，能立即、有效地改進眼前的窘境，必要時還會恭喜妳：

「妳的運氣真不錯！這批保養霜因為品質太好，大家口耳相傳，爭相搶購，就只剩這一瓶了！……」

若妳稍加猶豫，她會立刻羅列一長串知名使用者姓名，以昭公信。在妳尚舉棋不定時，一瓶護髮霜已然不由分說倒到頭上。這樣的招數，不只用在頭髮上，同樣可以應用在臉部皮膚的保養上。

護髮之外，燙髮據說是美容院最大宗的生計來源。我搬遷過無數地方，每到一地，總先打探最接近住家的美容院地點。通常是簡單的家庭式美容院，簡單到讓人不放心去燙髮的那種。因此，雖然經常在那兒洗頭，燙頭髮時，卻常常琵琶別抱，到看起來較豪華的店裡去。這樣不忠貞的消費行為常常使我再重回原店洗頭時，內疚得抬不起頭來。每每需要大費周章地編派謊言，以減少罪惡感。譬如：

「我朋友非要拉我一塊兒去她家附近燙，我就說不要嘛！妳看！搞成這副德行！」

據統計，店裡的老闆娘通常會有兩種反應，一種是笑而不答，讓妳坐立不安；一種是馬上在新燙的頭髮上找出至少十個不可原諒的缺點。一般說來，第二種直接宣洩式的反應，讓顧客較感放心，只需跟著同仇敵愾就行；第一種反應，往往讓人摸不清她的憤怒程度，危險性相形提高。有一次，老闆娘更直接了當地向我表示：

「我們美容院就靠燙髮做生意，洗頭根本不敷成本，屬於附送行為。如果只是來洗頭，我們通常不歡迎這樣的客人！」

說著，五爪齊張，洩恨式地在我的腦門上又抓又扒，我半句話也不敢吭，誰讓我先做出不仁不義的事來！

說到燙髮的價碼，真是充滿了弔詭。當妳下定決心變髮並向師傅探問價錢時，她通常不會直接回答，反倒會將問題丟回給顧客：

「那就要看妳的囉！有兩千、三千、四千，一萬也是有的。」

「價差這麼多！那麼，它們的分別在哪裡？」

「當然是一分錢一分貨囉！這就看妳自己的選擇了！」

「妳的意思是說，價錢低的，燙出來的就很難看嗎？」

「也不是這樣說啦！但是，總是有區別的嘛！是不是？譬如，價錢高一些的，當然就比較不傷髮質嘛！是不是？」

妳馬上面臨艱難的抉擇，倒不是傷不傷髮質的考慮，而是師傅陰陰的笑容中暗示著：妳對價錢的選擇代表著妳個人的身價。雖然身無恆產，卻也不希望讓人看低，於是，最低的兩千元先行排除；而終究不是大戶人家，打腫臉充胖子也不是辦法，最高的價位就留給別人的緋聞女友吧！掙扎了半晌，務實地選定中間價位，聊表對最下流身分認定的無力抗拒。

其實，對燙髮或剪髮之事早該有所體悟的。事實上，不但美容院的豪華壯觀和顧客的滿意度並無絕對的關聯，就連消費費用也未必和消費成效成正比。總之，只要是新燙的頭髮，是絕對不可能讓人滿意的。從美容院燙髮出來的人猶能展現燦爛笑容者可謂少之又少！最尷尬的是，明明傷心欲絕，師傅卻還在鏡中綻開光燦的笑容、昧著良心問：

「妳看！很漂亮吧！」

雖然，心在滴血，為顧及他的職業尊嚴，卻也不得不保持起碼的風度。然而，最教人難堪的還不止此，回到家後，家人反應的直接才真是致命的一擊，外子慣常說的是：

「為什麼每次要去演講前，妳總是把自己搞成這樣子！」

女兒則以悲憫的語氣，憐惜地問：

「媽！妳是受到什麼刺激嗎？為什麼用這種方式自殘！」

美容院的職責當然不止於頂上，舉凡和「美容」扯上一點關聯的，都在服務項目之列。護膚是其一，修指甲是其二。還有擴大營業範圍，兼賣衣服或皮包的，甚至兜賣有美容養顏效果的靈芝及生機食品，也是屢見不鮮。我見過一家稍具規模的美容院，還兼賣按摩椅。有一回，一位師傅無意中得知我是作家，語氣嚴厲地指責我：

「妳常常出門，居然沒有修指甲、也沒有擦指甲油，這是很不禮貌的行為！難道妳不知道嗎？」

我確實不知道擦指甲油和禮貌的關聯在哪裡！我一直以為禮貌是見諸言談舉止，第一次被告知禮貌和指甲原來也有唇亡齒寒的關係，真是茅塞頓開！為了報答她的諄諄教誨，我任憑她在我的指甲上塗上她所謂的「當年最流行」的灰色。我母親見到後，嘖嘖稱奇說：

「大家攏嘛驚灰指甲驚到要死！哪有人專工去變作安捏！實在是想無哦……！」

被母親這一說，我信心盡失！遮遮掩掩地到學校，一不小心被眼尖的學生看到，居然得到空前的揄揚：

「老師很跟得上時代哦！這種顏色又炫又酷。我讓我媽擦上，她死都不敢！真是遜斃了！……」

雖然我一直不敢小覷髮姊們的學問，但我必須老實招認，這是我第一次由衷地敬佩她們的博學多聞！正所謂「術業有專攻」也。

國父致力國民革命凡四十年才成功，我積三十餘年經驗，才了然燙髮注定失敗的原因，是現實和理想的落差。老闆娘總是拿天生麗質的模特兒照片給顧客挑選喜歡的髮型。這其中潛藏大危機，首先是顧客和模特兒美貌上的落差，其次是師傅燙髮能耐和雜誌上髮型的落差，更嚴重的是顧客想像自己燙過髮後的形貌與實際上的落差，當然！一切的一切都歸咎於顧客的缺少自知之明，失落或悔恨遂成為必然的結局。

前兩天，我又忍不住去燙髮。師傅的吹風機在頭上一吹、一撥，一個新潮如日本新宿少女的髮型於焉誕生，他說：

「妳瞧！多簡單，自己洗洗吹乾就行。」

回家後，居然意外地博得全家人史無前例的讚美，我含著微笑睡去。次日起床，往鏡裡一照，如亂雲崩毀，髮型全非昨日模樣。我含淚效顰，東吹西梳，卻怎麼也喚不回昨日的新宿少女！原來，午夜鐘聲過後，新宿少女注定又要變回首如飛蓬的半百老嫗。

出入美容院，是希望的開始，也是理想的破滅。可是，俗話說：「失敗是成功之母」，我是絕不束手就擒的。對燙頭髮這件事，我屢敗屢戰，永遠抱持希望。

——本文收錄於二〇一〇年六月出版《五十歲的公主》（九歌）

煩惱更勝三千

悲劇發生那天，群雀聚集在陽台上的盆中枝葉上，唧喳寒暄，我心裡隱隱有不祥的感覺，然而，彼時並不確然禍事將至。

黃昏掩至，我受困在一頭待洗的髮茨間，對著電腦，完全無法敲打出一個字，而專欄已然逾期幾日，對一向重然諾的我形成巨大的壓力。於是，我撥打電話，叩問能去洗髮否？老闆娘囁嚅踟躕，說片刻後要去屏東。我說：「算了！那我另外想辦法。」悵悵然掛下電話，被拒絕的煩惱絲頃刻由三千變成三萬不止。

十分鐘後，髮院老闆娘又掛來電話，請我立刻下樓。我如渥蒙皇恩，載欣載奔。老闆娘看到我進門，解釋道：「我那個一直跟阿嬤住的大女兒明天結婚，今晚，我和小女兒得搭高鐵南下高雄，轉往屏東。想想兩張高鐵票費用不少，乾脆多洗個頭補貼也好。」

美容院裡，燈火熒熒，老闆娘一手執杯倒水，一手在滿頭泡沫中游移，說出的話無端添了幾分悠悠的苦澀。單親母親，獨力撫養孩子可是辛苦至極的，這個即將結婚的女兒不得已從小被留置在夫家，做母親的，錯過了女兒的成長，無論如何，不能再錯過她的終身大事。高鐵票來回台北高雄，一人幾近三千，兩人六千，幫我洗個髮才區區一百五十，對照六千大元，根本無濟於事。愧赧之餘，我積極尋求補救。燙髮費時太久，此刻不宜；那麼，乾脆請她多剪個五百元的頭髮聊表寸心。

悲劇的發生常常來自莽撞的同情。這一剪，老闆娘的補貼有限，我的困擾卻是無窮。也許是擔心來不及搭車，也或許是她感動過度，也或者二者兼備，老闆娘的刀法在壓力下凌亂失準，且為求表現，奇異翻新，我眼見她撥東弄西，修修剪剪，落了一地的黑，真是好不驚心。

「好了！是不是很漂亮？」她把圍在我身前的圍兜拉開，取鏡子讓我後照。天啊！眼淚差點兒奪眶而出，我的頭髮竟然剪得跟她的一模一樣！這淚，非喜極，而是痛徹。我並非我瞧不起她的髮型；只是，同樣髮型在不同的頭上，確乎有著迥然不同的觀感。我的臉瞬間變得僵僵、木木的，一時難以調整成符合禮節的溫厚。老闆娘想是從鏡子裡看到我的表情，急問：「不滿意？」我吶吶斟酌合適字句：「這髮……這樣太時髦，啊！我不大習慣，能不能將後面修短些？」她連忙又把圍兜披上我身：「要剪短些？這是最新流行的欵。」我實在不想留難她，但真的沒辦法，這模樣超出可以接受的範圍實在太多。

除了長短之外，後來，我確信必然還有些形容不出來的困境亟待改善，因為再度剪過的髮，仍然和我的臉龐極度扞格。然而，老闆娘說：「現在應該可以了吧？妳看！這讓妳的長臉顯得短了些，看起來至少年輕了十歲。」我努力設法調整臉上的抽搐，但從鏡子裡反射出的，卻是顏面神經抵死不肯合作的詭異表情，笑著，卻像在哭。為了不耽誤她們趕高鐵，我低頭結帳，怕自己的扭曲失調臉龐壞了她們參加喜宴的興致。

我的不滿絕非緣由於個性難搞，而的確有其不得不的合理性。我敢這樣說，是有根據的；因為，推開家門的剎那，屋裡正大聲說話的親人，霎時都安靜了下來，表情就像看到外星人入侵。剎那間，那群黃昏無端在陽台枝葉上唧喳寒暄的鴉雀飛快掠過腦海。原來，我的噩運，牠們早就預知了。

我躲躲閃閃多日後，在另一個黃昏終於看見洗髮店的紅白藍招牌再度旋轉開來。我衝進去，坐定後，老闆娘主動問起，我順勢要求再做修剪：「還是太時髦！學生都吹口哨了。我人古板，受不了。」我使用的策略是把自己打入食古不化的大牢，將那頭怎麼看怎麼不順眼的頭髮吹捧成積極前衛，以減低她的敵意。然而，修修剪剪的，看來仍舊彆扭。我估量再堅持不滿意下去的後果，必定兩敗俱傷。我的無法脫困看來已成定局，一人傷，不必兩人亡，何必因此嚴重挫傷她的自尊心！於是，我頂著越來越奇崛的正港煩惱絲，垂頭喪氣回家，後悔怎會去找凶手撫平傷口。

鏡子毫不留情地告訴我：悲劇已經誕生。

我站在鏡子前，端詳一個全新的自己，因為慈悲心大發所導致的連環套在頭上環繞似緊箍咒。老闆娘已然束手無策，看來我需要自力救濟。取出打薄刀及利剪，我勇敢的撮起一束一束的髮剪下去、剪下去；再用梳子梳一梳，再剪下去、剪下去；再梳、再剪，打薄刀和利剪交替使用。浴室的地上、洗手台裡，全布滿了髮，黑的、灰的、白的；短的、長的、不長不短的。內心裡隱隱滋生莫名的悲壯，我的人生成敗好像忽然就寄託在這頭亂髮上。

我信心十足，仿照幾十年旁觀來的技巧，越剪越生猛，一下子右邊短了些、剪左邊；一下子左邊扁了些、剪右邊，剪著、剪著，越剪越興奮，直到女兒在門外驚呼：「妳在幹什麼！」我才恍若夢中驚醒；而夜已深，美容院都打烊了。

接續幾天，我莫名其妙地攪進忙碌的教學與會議中，沒有時間另覓妙手以回春。學生見到我，駭笑著，我化被動為主動，見一個問一個：「頭髮很難看吼？」學生好似串通好般集體說謊：「不會啊！很有型。」「不會啦！只是跟以前不一樣。」「不會咧！老師換造型師？」我斷定學生如果不是很 nice，就是對醜的接受度實在高。

第四天，在女兒的協助下，我走進一間稍具規模的美容院。負責為我剪髮的造型師才上前來，眉頭就皺得什麼似的，質問我：「妳在哪裡剪的頭髮？怎麼剪成這樣！」我吶吶解釋非干美容師，我也是禍首之一，卻不被採納。他邊剪邊抱怨：「如果是我的顧客，跑去給人剪成這樣，還敢回來找我補救，我一定賞她一個衛生眼珠外加一個閉門羹！」

他邊剪邊嘆氣，時不時把坐著的活動高腳椅滑到稍遠處，歪著頭打量。然後，再趨前來負氣般狂剪。我自覺罪孽深重，屏息任憑宰割。長髮終於非志願地徹底成為短髮，師傅對著鏡子裡的我嘆息，說：「實在已經竭盡所能，妳應該沒辦法接受全部剃光吧？……妳這頭，恐怕三、兩個月內無法恢復正常，得等頭髮長長以後，多剪幾次才行。」

他的意思是：變「髮」尚未成功，同志仍需努力。

從那以後，我變成一個委瑣的豎仔，不是因為髮型缺乏美觀難以見人，而是為了怕打擊先前那家美容院老闆娘的自尊，我東躲西藏，不敢在集體倒垃圾的時間出門，怕不小心被她撞見；每回在不得已行經她家門前時，總用小跑步的方式倉促掩面潛逃，深怕被她裝設的監視器逮個正著而被抓進去嚴刑拷問何以再也不去她家洗髮。

啊！都說頭髮是「三千煩惱絲」，我竟為一頭剪壞的髮而徒增更勝三千的煩惱！

——本文收錄於二〇一三年八月出版《在碧綠的夏色裡》（九歌）

洗頭與豬舌頭的關係

「我真是一個超級沒用的人！」從美容院回來後，我氣唬唬地跟外子說。

「這回又怎麼啦？」他頭也沒抬，邊看書邊敷衍我。

「我就是氣啊！好端端的人，每回去洗頭，都必須聽她說教。」

「我就叫妳換一家洗頭，妳就是不聽！幹嘛每次……」

唉呀！有時候真後悔嫁了這麼個男人，一點同理心都沒有。方圓幾公里處若是有類似的洗髮店，我又何必每次去找罪受！就是貪圖地利之便，轉個彎就到了嘛。男人不懂！他若是不喜歡某人，可以繞過半個地球躲開他。我就不行，我懶，懶得走路，結果就只能落得這種下場。

說到這家美容院，我就心悶。從我搬到目前的住宅的第一天起，就開始和她打交道，至今已有二十年的歷史。二十年間，她總不肯安安分分地純洗頭、剪髮、染髮、燙髮，同一時間內，總至少兼營一種以上的副業，先後曾推銷過珍珠粉、美國仙丹、人蔘、來路不明的治療跌打損傷藥膏，有一段時間甚至還兼賣皮包……我仔細研究過她的策略，總是大同小異。譬如：推銷護髮霜，先皺著眉頭將妳的髮質打進十八層地獄，讓妳產生嚴重的自卑，隨後恐嚇妳若不盡速處理，立刻人生就可能由彩色直接進入黑白。我當然不是被嚇大的，但見她單親扶養幾個小孩不容易，若是和頭髮相關的產品，只要價錢不是太離譜，我通常就隨順她。

其後，她打蛇隨棍上，開始推銷美國仙丹。上了四十歲以後，身體零件逐漸出現鬆脫故障，不是胃酸就是腰痛，她就是有辦法見縫插針。「我有一個祕方，說了妳一定不相信。」這種可能內含類固醇的藥品，我自然避之唯恐不及，不肯輕易就範；其後陸續推銷的藥膏、珍珠粉、皮包，都策略相同，一逕以「說了妳一定不相信，我……」作為發端語詞。前些年，她開始加入某一種宗教，在屋子裡布置了一個小神龕，成天呼朋引伴敲鐘念經之不足，還卯足了勁兒跟我傳教。我打個呵欠，她立刻說：「妳白天打呵欠，就是身體虛，只要跟我一起念經，包准妳精神奕奕。」我不小心說溜了嘴，說剛剛去看胃疾，她馬上接口：「西醫開的藥，多半治標不治本，沒什麼用！妳只要跟我去我們學會，保證妳百病全消。」無意中聊到一位朋友得了憂鬱症，她更帶勁兒了：「說了妳不相信！上回妳來的時候，不是有個女孩子在我這裡念經嗎？那位女生原先得了重度憂鬱症，念經之後，什麼藥都不用吃，現在好得很哪！」提到那位女孩，我其實很想跟她抱怨，那天在狹窄的洗髮空間足足聽那女孩念了四十分鐘經文，伴隨不規則敲打銅缽聲，直穿耳膜，我的精神大受折磨，差點兒受不了去撞牆，她的憂鬱症好了？分明是轉移到我這兒來了。但看老闆娘說得興致高昂，我也只好把到嘴邊的話硬吞進肚裡。我猜測推銷策略裡恐怕是有那麼一條針對類似我這類沒「種」說真話的人。外子就常常在我嘟囔埋怨時，批評我：

「若是L，就不會讓情勢搞到這種地步！」

所謂「這種地步」就是又不肯就範，又不敢翻臉。L是我們的朋友，她是有名的「知無不言，言無不盡」的人——天不怕、地不怕。我猜測，L如果遇到這位老闆娘，鐵定會在第一回合交手時，就嗆聲：

「若是念經真的有這麼大功效，怕你們會長不早得了諾貝爾醫學獎了。」但是，我不好意思說，怕讓老闆娘難堪，我恨自己實在太窩囊。

最近，因為指尖發麻住院，有一段長時間沒有光顧她的美容院。再次前往，不免被詢及久違原因，一聽說後，她立刻又是招牌台詞：「我說了妳一定不相信！我在清明時接了幾桶午時水。唉呀！就別提有多厲害了！我的一位朋友劉老師也跟妳一樣手麻，我倒了一罐保特瓶的午時水給她，她回家泡了一晚，立刻好了。」

我簡直要嗤之以鼻了！這麼神的事，屢屢發生在她身上，看來她好像救人無數的菩薩：有人因為吃了她推銷的珍珠粉，立刻身強體壯；有人貼了她賣的跌打損傷藥膏，一日之內，恢復活龍一條；有人服用她推銷的美國仙丹，甚至夫妻感情變好……說實在的，多年來的動心忍性忍不住在那刻破功，我決定跟她奮力一搏！我聽到自己竟然脫口而出：

「好！妳也給我一罐午時水，若是我手麻的毛病因此解決，我就跟妳去信教！」講完，自己都嚇了一大跳！幹嘛發這麼大的誓言！我到底在跟誰賭氣？我忙到只差沒被鬼抓去，萬一真泡好了，那可怎麼辦？她一聽，也興奮起來，立刻緊迫盯人。「好！這是妳自己說的！別反悔，我立刻去找罐子分裝。」

天啊！當我蓬著頭髮，提著她從大型塑膠桶裡倒出來的一罐午時水走出來時，不由啞然失笑！我是瘋了嗎？可也沒法子，事到如今，箭在弦上，已經不得不發。

回家後，我不由得開始遲疑起來。萬一泡過後真的手不麻了，我難道就得願賭服輸跟著去念經！可是，換個角度想，如果真的好了，表示她信的宗教果然厲害，又有什麼理由不能信！我反覆自我遊說。可為了堵她的口，這討來的水還真不得不泡泡看。於是，我依照她的吩咐進行泡手活動。那夜，我整晚作噩夢！夢到我的手經過浸泡後真的一點也不麻了！我只好乖乖跟她一起到道場聽會長說道並跪在小神龕前念誦著奇怪的經文，這後果讓我在夢中跌足悔恨。醒來之後，動了動手指，還痲！從來沒有一刻像那時一樣為這手痲依舊而慶幸且歡欣鼓舞。

接下去的狀況是，當她得知她所謂具神奇療效的午時水並沒有奏效後，不但毫無愧赧之色，反倒神色自若地指責我：「因為妳不肯念經嘛，缺乏誠意，失效早在我意料之中。」

這回，我不搭腔，我想起外子老企圖整理出我之所以經常被氣得跳腳的原因：「依我對妳的了解，妳就是太顧全禮貌，有問必答，這一搭腔，當然就沒完沒了。像我就沒這問題，一坐上椅子，立刻閉目養神，她能拿妳怎麼辦！」

雖然嘴裡嘟囔著：「你懂什麼！事情才沒那麼簡單！」可是，我深自檢討後，也不得不承認「知妻莫若夫」，他說的一點沒錯！我就是錯在沒能慎始。二十年前，當我一坐上她家鏡前的椅子上，她拋出第一個孩童教養疑問時，我就不該好為人師，跟她切磋起親子教育問題。這一搭理，從此淪入萬劫不復的境地。事已至此，我決定採納忠言。還沒進美容院，先就半瞇著眼；坐到椅上，立刻緊閉雙眼。老闆娘看我一反常態，關心地問：「看妳今天很累的樣子，是昨晚沒睡好嗎？」妳能怎麼辦？不言不語？怎麼也說不過去啊！「是啊！失眠。」我用虛弱的聲音言簡意賅地回答，希望她能因體諒而閉嘴。沒料到她又來了：「啊！失眠！說起來妳一定不相信，我有一個朋友，他……」我再也忍不住了：「念經之後就不藥而癒了，是不是？」她露出驚訝的表情：「啊！妳也知道啊？」我怎會不知道！都幾年了！這種老哏！

我像是一隻鬥敗的公雞般回家，全家人聽說了，笑得前俯後仰。我覺得納悶，虛心請教外子，同樣不搭腔，為何他能全身而退，我卻還是落荒而逃，其間的關鍵敗筆何在？外子這才赧然回說：「說實在的，我必須招認，我也沒有什麼祕方！這就是我每隔一、兩個月就得換一家理髮院的原因。要做到不言不語或不理不睬，確實是高難度。」兒子責備我們老人家鄉愿，自食惡果，是性格上的悲劇，怨不得別人，他說這叫「知識份子的偽善」，假裝文明，其實是自作自受。我不服氣追問他有何對應良策，他豪氣地說：「這還不簡單！就直接了當告訴她別白費心力，希望她往後不要在妳面前再提信教的事，否則就不去洗頭。」

我像一個無知的婦人似的，居然要兒子來教導，感覺十分挫敗！但是，我必須承認他的話確實不無幾分道理。與其氣在心裡，不如乾脆把感覺誠實說出來，也許可以一「說」永逸。我敬謹接受兒子的指點，在家培養了一個星期的勇氣後，終於在一個風和日麗的早晨，決定破釜沉舟！

於是，在老闆娘倒下洗髮精的那刻，我鼓起勇氣，用著微微發抖的聲音跟她說：「有一件事，我想了很久了，一定要跟妳溝通。」她露出一臉狐疑，我怕自己打退堂鼓，刻意迴避鏡子中反照出來的她的眼睛：「以後，請不要再跟我傳教，不要再叫我去念經，目前，我完全沒有信教的打算。我也覺得妳做生意的人，最好別在工作時傳教，那可能讓妳失去一些客源。我就打個比方說啦！在台灣，政治信仰上，算是藍綠各半，如果妳在洗頭時，向妳的客戶批評跟妳不一樣的政黨，很可能會得罪一半以上的客人！這不是很不好嗎？」我越說越流利，心裡痛快莫名！我後悔沒早聽兒子的建議。

她犀利反駁我：「我才不會跟顧客討論政治！我沒那麼傻！」

「是啊！妳知道這樣做不好，可是，妳怎麼沒想到在台灣宗教信仰比政治信仰更多元，你們的宗教信徒人數，我不客氣地說，絕比不上藍或綠的任何一邊的人口……」

這回，她氣勢不再，囁嚅回說：「妳別小看我們學會，會長可是很有號召力的，世界各地都有眾多信徒，也都設有道場。」

「再怎麼說，在比例上，你們還是屬於少數。如果妳的顧客是基督徒、天主教徒、一貫道，或像我一樣的無神論者，那妳不是得成天跟他們抬槓！妳這不是擺明了跟大多數人為敵麼！這划得來嗎？……」

「哎呀！妳別這麼激動啦！就是因為念了經以後，真的感覺很好，好的東西想跟好朋友分享，才……」

既然講開了，我索性打開天窗說亮話：「總之，以後千萬請不要動不動就叫我去念經，否則，我以後就不來妳這裡洗頭了。」說完之後，我如釋重負，卻膽小地規避她的眼神。

回家後，我加油添醋，向家人吹噓我的英勇事蹟，結語是：「推門出來時，老闆娘向我致歉，叫我不要生氣，並保證以後不會再向我鼓吹念經。」外子及兒女紛紛額手稱慶，為了此番的突破，我興奮地花錢擺桌請客。

隔幾天，我再度前往。

老闆娘看到我進門，明顯謹言慎行起來，我們的溝通忽然變得極度不順暢，好像有一條大鴻溝橫著，怪怪的。那天，她的哥哥、姊姊恰巧都在。為了彌補先前的英勇所造成的尷尬，我熱絡主動表達善意，先跟姊姊瞎聊：「來台北玩啊？」「不是！我來出差。」「哦！公差。」「是啊！我們公司是專賣卵磷脂的。妳聽過卵磷脂嗎？它就像血管的清道夫，可以有效改善和預防動脈硬化、高血壓、心臟病和腦中風。像妳這種年齡的人很需要……」我跟她打哈哈：「我不吃健康食品的，我專吃不健康的竹筍啊、咖啡啊……我這人沒救了！妳別理我。」她不知是沒聽懂我開玩笑的話還是刻意漠視，一本正經地指正我：「啊！像妳這樣的人，就更需要吃卵磷脂了！保養很重要的，它可以調節神經系統，增強記憶力，延緩細胞老化、硬化，還具有保護皮膚，克制黑斑形成，調節內分泌，止膽結石，控制體重……」我沒等她說完，轉過另一邊，假裝問候她們的大哥：「大哥今天怎麼有空過來……」大哥笑著回我：「有人跟我訂了一台監視器，我特地送過來。我賣的這種監視器有紅外線裝置，連晚上黑漆漆的，都可以錄得一清二楚，我聽說妳最近為了摩托車上被放了垃圾，非常苦惱。我們的監視器絕對有辦法讓那位缺乏公德心的人無所遁形，妳要不要……」一時之間，我覺得自己陡然陷入深淵，四面楚歌！我無奈地將眼睛調回鏡中，發現老闆娘露出忍俊不住的笑容，似乎有一絲復仇雪恨的快意夾帶其間。

我快快然返家，覺得欲逃無路，心下好不悵然！「只是洗個頭而已，怎麼攪得這麼複雜！像參加益智競賽似的。」我抱怨著。外子這回不再貢獻意見了，他反過來勸我：「這幾天我一直在思考這件事，稍稍有了不同的想法。這本來就是全民遊說的年代！他們遊說妳購買監視器、卵磷脂或信宗教；妳又何嘗不然！妳寫文章、演講或教書，向讀者、聽眾、學生宣傳理念、販賣知識，不也是另一種遊說！可能也有人正很不耐煩妳哪……依我看，這件事，要嘛妳就多擔待，要嘛妳就拿它當作華山論劍、相互切磋口條的機會吧！」

切磋口條？正無聊地坐在電腦前的我，無意識地順著外子的話敲出「口條」二字，百度百科上居然跳出一盤被切成薄片且排著隊伍的長而柔軟的豬舌頭，舌頭頂端還灑上青翠的小撮香菜，就像從舌頭裡吐出的蓮花似的。我驚奇地發現我們所說的流利的口齒，在對岸，指的卻是豬舌頭。我不禁開懷笑了起來，怎麼洗個頭竟無端牽扯上了豬舌頭了！

——本文收錄於二〇一三年八月出版《在碧綠的夏色裡》（九歌）

五十歲的公主

為了我的五十歲生日，母親早早準備了鑽戒。我錙銖必較，以虛歲不算、新曆不準及尚未年滿等理由，搏命推辭。人入中年，心情的慘淡難以形容。彷彿過了半百，日子就再也難以回頭。而可笑的是，難以回頭的事實，又何需等到五十才知！

生日那天早起，想到五十年間的循規蹈矩，忽然升起一股嫌惡的感覺。從今爾後，我不要知天命，要隨心所欲，才不管它逾不逾矩！而該如何隨心所欲？五十年來，受到「公民與道德」的制約，我跌跌撞撞、摸索著做女兒、當學生，接著任妻子、母親、老師，早早學會「識相」，看別人臉色過活。先是看父母的臉色，接著是工作單位的長官和同事，成天研究人際關係；成了家，兢兢業業揣摩和丈夫、子女和平相處之道！更過分的是，當了老師，還得學習和學生同步成長。我委曲求全，偏偏忘了做自己。於是，我決定除了殺人、放火之外，絕不再壓抑！我要為所欲為！像電影裡的公主。

以前，為了給人留下好印象，出門時，我總像刷牆壁般，在乾淨的臉上塗抹五顏六色。既然要隨心所欲，索性自回歸本然起。我素淨（毋寧說「枯黃」比較適當）著一張臉上街。正洋洋得意，偏偏在街角遇上了三十多年前我所熱烈愛慕著的老師。真是鬼使神差！幾十年來，我打扮得容光煥發、花枝招展地在和他相距不到一千公尺之遙的城市施展魅力，竟在這麼個邋遢的狀況下和伊人相逢。當他遠遠叫出我的姓名時，我簡直痛不欲生！

我倉促奔回家裡，閉門思過。經過短暫懊惱後，決定再接再厲。不顧多年來兩杯咖啡的自我約束，我一口氣倒進了五杯黑乎乎的藍山後，無端地打定主意傾洩埋藏在心裡許久的不滿！我開始勇敢地在電話中涕泗縱橫地哭訴母親一向的重男輕女給我的人格上所造成的陰影！母親無言地掛下電話。奇怪的是，我不但沒有感受到預料中的痛快，反倒有一種闖了禍的惶恐！其後的幾天，我花了不只十倍的時間和諂媚的話來彌補這一時的失控！腰之軟、嘴之甜，前所未有，真是早知今日，何必當初！

不過，既然決定豁出去了！只好一以貫之。我打定主意，以充分滿足口腹之慾為職志。尋到一家素以豬腳聞名的餐廳，再不管別人對我日益發福身材的譏刺，決定好好啃它幾支久違的肥碩豬腳。想到那油滋滋的肥肉，我在投奔途中先就掉了一地的口水。沒料到久違肥肉的腸胃，竟在返家後不到十分鐘，水瀉「大」一通！短短兩小時內，向洗手間報到不下二十回！

那日晚間，我在城東有一場演講。瀉得渾身無力的我，虛弱地又下了一個前所未有的誓願！管它啥演講！也許因為我的缺席，那些晚上猶然孜孜求知的認真朋友，因之有了適當的休息；或者因為主講人不在，彼此無聊的攀談竟擦出了某些愛的火花，未始不是功德一件！然而，儘管如此自我安慰，在最後一刻，不堪良心譴責的我，終於還是驅車飛奔前去！而因為速度的關係，我和交通警察意外有了個不太浪漫的邂逅——我被頒贈了平生第一張超速罰單。

一連出了這麼些狀況，我開始不敢掉以輕心！五十歲生日！何等莊嚴肅穆的日子！應該有一個類似「公主與王子終於過著快快樂樂的日子！」的結局才像話！於是，撒嬌兼威脅地，我強迫家裡那位無趣的王子帶我去高級飯店過一個快樂的晚上！王子無奈，只好換上西裝領帶，我則穿上華服、掛上高貴驕傲的笑容，像公主一樣，和他一起住進五星級飯店！

當我進入房間，研究了住宿費用之後，心情頓時跌入谷底！懊惱家裡有好好的床不睡，竟然失算地欣羨人家公主和王子！而那種椎心的痛楚在一位朋友告訴我該飯店再過兩天就有五折的優待活動時達到最高潮！我氣憤地指責外子沒有善盡阻止之言責！無奈的老王子訕訕然反問：

「妳不是想嘗試一下當公主的滋味嗎？」

我睜著眼睛，躺在潔白的床單上，徹夜失眠（至今不能確知是昂貴的住宿收費還是白日的那五杯咖啡所導致）。決定回家再翻出幾本《公民與道德》來複習一下！也許，裡面真的有些就是五十歲也不該被丟棄的東西吧！我猜想。

——本文收錄於二〇一〇年六月出版《五十歲的公主》（九歌）

年過五十

年過五十的心情，真是百味雜陳，說也說不清。黃昏時分，我日日踞坐電腦桌前，將自己童稚、少年及中年的光燦笑容一一掃描進蘋果電腦裡，夕陽在護目鏡裡一點一點沉落，電腦螢幕的深處，反射出一張既悵惘又失落的面容。Photoshop 裡的橡皮擦，除去了照片裡伊人的皺紋，卻抹不去現實人生中的黑瘢。樂觀竟然和失眠共存！失眠居然和發胖比肩，發胖奇異地與皺紋共生，皺紋又弔詭地和慈眉善目如影隨形！……五十歲後的女人，就是以這樣光怪陸離的矛盾，遲緩而乏力地和歲月拔河，且注定向老邁一路傾斜過去，無論周遭的人如何信誓旦旦地稱讚妳看起來依然年輕。

年過半百後，心境有了奇妙的轉變。許多以往錙銖必較的，如今漫不經心，譬如友誼或愛情；有些昔日滿不在乎的，現在觸目驚心，譬如皺紋或贅肉。改考卷時，最痛恨學生在文章裡動輒稱呼「五十老嫗」、「半百老翁」，看電視時，最討厭主播不時重播獨居老人萎死家中、多日無人聞問的畫面。十八歲的時候，曾經因為厭惡年老色衰，發誓絕不苟活，決定只要年過三十，即刻引火自焚或切腹自盡，效法日本武士道精神，留下雖然未必燦爛卻仍舊富於青春的容顏。所以，三十歲過得最久、最纏綿，一直捨不得鬆口，忝顏延長到接近三十又五，才悻悻然改口道：「燦爛不必一定年輕，成熟往往更具風韻」；四十歲後，還能和親朋笑談肌肉日漸鬆弛、記憶逐漸模糊；五十過後，明顯開始避談與衰老相關話題，只一味向人展示歸納分析能力！可心底老不安寧，明明自幼就丟三落四，現在只要一找東西，便慌張地以為老年痴呆症忽焉來臨。

年過半百，心腸變得像鋼鐵一樣堅硬，卻又易碎如透明的水晶。生命裡的原則大體底定，固然不大願意接受委屈，也從未想到占便宜。以往，每到暑假，總和一干成績被當的學生纏綿悱惻。這些年，再沒有做過到教務會議去承認分數計算錯誤以拯救出局學生的行徑。吃了秤鉈鐵了心！視學生提前出局為另類轉型。雖然沒有以關機或拒接電話來杜絕求情，但是，凡來關說者，我一律跳脫攸關分數的所有黏纏辯證，立刻轉移焦點，逕自切入「危機即是轉機」的勸勉，絕不讓對方有可乘之機。然而，嚴詞拒絕過後，一想到家長的焦慮、學生的悔恨，心裡往往糾結拉扯，不是食不下嚥，就是在暗夜裡睜眼到天明。生活裡小小的溫情，經常被擴大為了不得的善意；人際間的扞格，又常常被縮小成無意間的擦槍走火。學生情感受挫，紅著眼眶到研究室來尋求援助時，我的眼淚總是多過自來水，非但無法善盡開導的重責，還哭得比學生更傷心！到頭來，甚至還得勞煩學生反過來安慰、輔導，並賭咒、發誓一定莊敬自強，請老師切莫淚淋淋！

年過五十，了然個體獨立的理論，夸夸宣言不再干涉兒女的行動，刻意維持開放、開明的假象，卻在兒女遲歸時，焦慮得差點兒撞牆！在他們考不上大學時幾乎抓狂！這時，才恍然大悟人們以「婆婆媽媽」來形容瑣碎囉唆的行徑，並非刻意汙衊女性，的確是其來有自。原本溫柔優雅的女性，年過五十，還能維持從容身段者幾希！養兒不再防老，養兒的最大功效，在培養大人動心忍性。五十歲的女人多半擁有業已成年、卻依然幼稚的兒女，這種可大、可小的彈性，被孩子們耍弄得淋漓盡致！當不肯接受約束時，他們會即刻搬出民法中的「成年」定義來爭取自由；需要金錢資助時，卻又馬上降回依人小鳥，口口聲聲親情無價、母愛至上，揭櫫同舟絕對必須共濟！父母和兒女兩造交鋒，最容易見證台灣民主開放教育的成效。兒女伶俐、便給的口齒和父母夾纏、矛盾的邏輯，恰恰是五十歲母親情緒崩潰的元凶，也是民主進步的見證。五十歲的女人成天在斷絕母子關係和修葺親情間苦苦掙扎！花最多時間在賭咒、發誓和悔恨上，轉眼卻又被兒女不經意的甜蜜輕易收服。

年過五十，雖不至於萬念俱灰，卻真是心如止水。再沒有小鹿亂撞的激情，只有笑看、旁觀的怡然。人生諸多情緣俱皆化為涓涓流水，既無過不去的敵人，自然也談不上莫逆，真誠服膺所謂的「君子之交淡如水」！對美麗有幾近病態的喜愛，對醜陋卻也無所謂能不能忍受。年過五十，完全明白人生無法求全的缺憾，逐漸能易位思考，對荒謬微笑、和遺憾握手！以往，自認聰慧靈敏、身手矯捷，總想不明白，何以開車行經收費站，十有九次，怎麼先生老選擇最長的隊伍等候！忍不住建議他見縫插針，改變跑道；而他一貫我行我素，擇一而棲，不肯輕易更換。他的理由是：

「橫豎總會輪到，選擇了，便得安心鵠候，不要三心二意。否則，臨時更換跑道，擾亂了行車的秩序不說，還得擔負相當的風險。」

對這樣的說詞，我一貫嗤之以鼻，以為虛詞詭辯，不過是為反應遲鈍找藉口罷了！歲月無聲流去，他一逕慢條斯理，個性躁急的我卻在移動的光陰中逐漸領略了不疾不徐、按部就班的不易。一日，在收費站前的長龍中，忽然頓悟，丈夫不肯更換跑道原來是一項值得稱頌再三的德行，否則以我的暴烈、懶惰與苟且習性，若另一半缺少耐性，怕早就連夜潛逃無蹤，細數起來，收費站前的車陣哪有我的缺點來得多！

年過半百，對個人的要求越來越多，對公義的追求卻越來越熱烈。因為知道人性的脆弱，所以，對別人逐漸有了同情的理解；也因為洞悉人性的弱點，理解沒有了制度，難以規範人心，所以，對社會的制度及公義越發求全。年少時的獨善其身，有了「姑息養奸」的新解，威權體制下被壓抑的情緒，隨著閱歷的增長悄悄蓄積成爆發力十足的多管閒事：投書、打電話抗議、貼海報、寫文章論辯……就只差沒綁白布條上街頭抗爭，熱血奔騰、桀驁不馴強過青春期的少年！

年過半百後，忽然萌生前所未有的好奇心與求知慾，推開保守、摒棄成見，銳意和新世界接軌！不認輸地追趕新資訊，頑強地和日益消退的腦力抗爭！我低聲下氣向女兒請益，只為操作電腦軟體；孜孜向學生叩問，只是不願被時代遠遠拋棄！我勇敢嘗試上網教學，讓鍵盤替代黑板、螢光幕取代教室；利用最新電腦科技，以文字和圖片儲存最最古老的記憶。我像海綿一樣，急急吸水，哪管水源來自何方！然而，匍匐前行之際，畢竟還是難免頻頻回顧。吐納之時，雖偶露疲態，顯得氣喘吁吁，卻不改顧盼自雄、旁若無人，完全不去想人生伊於胡底。

年過五十，以平均年齡分析，生命已向頹勢逐漸歪斜。以人生歷練歸納，智慧經驗正臻高地。五十歲，說老，不算太老；說年輕，可不年輕！以往在筵席，總是敬陪末座，如今步步高升，距離首席不到幾張椅。負責俛首稱是的時代已然過去，最新任務是絞盡腦汁開闢話題。生活的重心逐漸由情感的斟酌轉移到器官的救濟。一桌子吃飯，總有不識相的人開始為你計算卡路里；當你體態略顯豐腴，即刻有人建議你到健身房去鍛鍊身體；當你步履稍微蹣跚，立即有人提醒你應該及時休息。可我才不甘心老在這未老先衰的議題裡打轉，春陽和煦、夏日鷹揚、秋高氣爽、冬月映雪，四季各有其輝煌燦爛，若放眼不見繁花盛景，豎耳聽不到鶯啼燕囀，開口只道八卦短長，如何能跟蘇東坡一樣，在晴時多雲偶陣雨的人生風雨中，從容地策杖吟嘯徐行！

年過五十，雖然越來越貪生怕死，卻從未認真從事攸關延長壽命的任何活動，五穀依舊不分、四體越發不勤。飯桌上，絕不殺風景地拒絕肥碩欲滴的蹄膀；平日喝咖啡像倒開水，電腦桌前一坐便是大半天。乾眼症跟著五十肩，胃痛加上失眠，我都視之為天將降大任的考驗。啊！年過半百，其實已胸無大志，一點也不想兼善天下，既沒有本事做大官，也不想聽國父的話去做大事，只偷偷祈求一點點的榮華，一些些的富貴，少少的美貌和一位跑不掉的丈夫。

——本文收錄於二〇一〇年六月出版《五十歲的公主》（九歌）

溺死一隻老鼠以後

簡直不敢相信自己的眼睛！坐在窗前優哉游哉閱讀著的我，偶一抬眼，忽然瞥見一隻不知是貓抑或老鼠的灰色動物在花叢間竄動，一隻尾巴就露在花盆跟花盆的隙縫間。不敢打草驚蛇，我偷偷喚過外子，請他幫忙辨識。兩人鬼鬼祟祟，隔著窗玻璃歪著頭做不同角度的端詳。

「不是貓！是老鼠。」最後，外子悄聲下了結論。

我腦袋立時一陣天旋地轉。剛剛整建完畢的潭子老家花園，圍牆、通幽小徑、落地門前的deck，甚至外頭的大門，無一不是木製，像民宿般，清幽雅致，讓前來參觀的朋友羨慕不已！如今，竟然有大隻老鼠前來閒逛！搞不好已在木板下方築窩定居，正從各個角落一吋吋蠶食鯨吞我們耗費時間和金錢辛苦建立的家園。是可忍、孰不可忍！難不成好好的一個避暑勝地就因此毀於一旦！不行！我得想個法子！

我衝出玻璃門，打算和牠拚鬥一番，誰知早就沒了蹤影。我坐在瓜棚下的石椅上，任憑夕陽餘暉透過黃綠色的枝葉，在我的手臂上塗抹出美麗的圖案。網狀鐵絲網下的蘭花意興闌珊地伸展殘敗的肢體，柳樹倒是迎風招展著，盛夏黃昏的瓜棚下，有一種奇異的頹廢氣氛籠罩，像煞盛筵將散未散前的荒涼。太陽尚未落山，老鼠竟公然在花園中出巡，這代表什麼樣的意義？是飢火中燒，被迫出來尋找食物？還是因為我們的長期缺席，致使牠們誤判形勢，以為家裡沒有大人，隨意出來嬉戲？不管是什麼原因，鼠燄高漲，必得提出嚇阻良方才行。於是，一只三十九元的捕鼠器在第一時間內被購置。

那夜十點，外子和我兩人在方才裝修完畢的潭子老宅院裡，鄭重其事展開捕鼠活動。我從冰箱裡取出一塊晚餐沒吃完的紅燒排骨當作釣餌，為了增加誘鼠的香氣，我還特意將它微波加熱。一切就緒後，我們便躲在暗處屏息靜候。每隔一段時間，我總按捺不住地躡手躡腳前往窺伺，直到凌晨兩點，還毫無斬獲，只好偃鼓息兵上樓歇息。三點左右，被「嘩！嘩！嘩」的雨打竹葉聲吵醒，老天下了一場大雨，我睜眼躺在床上，為一塊排骨可能被洗禮成無味的糟粕而哀悼。次日，一如所料的，除了那塊顏色變淡的冰冷排骨肉，籠子裡空空如也。失望之餘，我轉而開始清洗籠子旁的小蓮花池。先把幾條錦鯉及鬥魚撈起，另置盆中；接著邊用刷子刷洗池底、池邊的青苔，邊放掉池裡的濁水。平常在台北過著所謂知識份子的生活——四體不勤、五穀不分，只會盯著電腦螢幕敲打，每次回潭子老家，便像老圃一樣，捲起褲腳，戴上斗笠，搞得滿頭大汗，學做鄉下人。

池子裡的水越放越少，外子從庭院的另一邊走過來，正打算幫忙，忽然驚聲大叫：

「啊！妳看！捕到一隻老鼠囉！」

我從池塘裡抬起頭來，恰恰和一雙老鼠眼睛正面迎上，嚇得我差點兒腳一滑、跌落池底。慌慌從塘裡爬上來，老鼠是否受到驚嚇，我不知道；我倒是被牠的兩隻眼睛盯得慌了手腳。偌大的捕鼠器，幾乎被鼠身占滿，從老鼠面向捕鼠器的門口猜測：發現自己被捕的老鼠，情急之下，立刻旋身，企圖突圍，卻終究沒有能夠。我在院子裡轉過來、轉過去，不知該怎麼辦；外子倒是胸有成竹似的，取出空白畫本，老神在在地為老鼠速寫起來。

人鼠對峙。

老鼠一副無辜的樣子，不時露出乞憐般的表情，眼睛好像會說話。我受不了！不敢再看牠一眼，我有充分的理由相信那隻老鼠吃定了我的婦人之仁，因為牠的眼珠子總是跟著我轉，一點都不理會速寫中的外子。我才不上當！趕緊逃離現場，留下爛攤子給外子收拾。

後來，據外子轉述，他先將池子裡的水放滿，再將老鼠連同籠子置入水中，就這樣活活溺死老鼠，然後，再將牠埋入桃樹下。

「小時候，我們都把捕到的老鼠溺斃在大水溝裡，現在去哪裡找大水溝！……幸好我們有一個蓮花池！總算大功告成。」外子如釋重負地說。

我露出驚恐的表情，不相信平日溫文爾雅的丈夫竟然如此兇殘，毫無悲憫地隻手進行屠殺行動。而更讓人驚嚇的是，明年春天開出的桃花會不會因此血色鮮豔？老鼠的骨血將孕育何等的春天！萬一不幸桃樹又結了果子，想到桃果裡可能滲有老鼠的肌膚血液，又有誰吃得下去！還有，那一個溺斃老鼠的蓮花池，原來搖曳著幾朵紫色蓮花，幾隻色彩繽紛的小魚在其中自在地優游，還頗詩情畫意的，如今一聯想起它還是一隻毛茸茸老鼠的死所，怎麼也讓人浪漫不起來了。我聯想起黃春明的《溺死一隻老貓》，僅一字之差，境界何止以道里計。黃春明筆下的阿盛伯為了和故鄉的土地共存亡，殉身在熱鬧的游泳池內；而這隻可憐的老鼠，只因貪吃一塊肉而被我們溺死在蓮花池裡。

溺死一隻老鼠以後，衍生更多的煩惱。看起來雄姿英發的老鼠，雖然雌雄難判，但我們猜測鐵定不會是單身貴族，無論男女，至少應有固定或不固定的伴侶。若是早婚者，也許早已瓜瓞綿綿，子孫滿堂。這一想，真是讓人愁白了頭髮。「捕鼠行動必須持續下去！不能讓牠們鳩占鵲巢。」夫妻二人在這一點上總算有了共識。只是如何持續下去，就真讓人煞費苦心了！再怎麼說，老宅院終究只是臨時落腳休憩之所，並非久居之處。老鼠落網那日的中午，我們就得束裝北上，萬一，又有老鼠重蹈覆轍，等我們不知多少日後再次南下，除了風吹、雨淋、日曬之外，牠不是還得承受漫無止盡的飢餓之苦？這樣說起來實在很不人道！相形之下，外子速戰速決的「引刀成一快」，對老鼠而言還真是比較痛快的死法哪！可是，若是心存仁厚，搞不好等我們久久之後返鄉，已鼠窩處處，我們反倒要在這苦心經營之地成為弱勢族群了。心一狠！我們在北上之前，又用另一塊排骨肉為餌，布下捕鼠地網。

回到台北之後，兒子聽說了，大表不滿，覺得我們太過絕情！我請問他可有更好的良策取代？「可以送到郊外放生啊！」外子和我同時嗤之以鼻，他說得倒簡單！去哪裡找郊外？隨便放生？為解決自己的麻煩，任憑牠到別人的地盤為非作歹！如此掩耳盜鈴，只是以鄰為壑，根本解決不了問題。

奇怪的是，我雖然不是凶手，可是，那雙乞憐的鼠眼卻不時出現在腦海裡，尤其可怕的是，從那之後，我噩夢連連。第一晚，我夢到又有一隻老鼠在沒有人出沒的院子內落網，牠的親朋好友，四下張望，發現屋宇淨空，久無人跡，竟囂張地排隊前去面會。誤入歧途的老鼠一天天委頓、消瘦，在籠內苦苦掙扎、哀哀哭泣；籠外的老鼠親友團也陪著掉淚、忙著安慰。最終，兩隻像是兒女的小老鼠不知從何處覓來兩塊煎餅，用尖細的小嘴銜入籠內反哺，當籠內老鼠如獲至寶地銜住並及時將煎餅送入嘴裡的剎那，外頭的老鼠都歡欣鼓舞地擊掌稱慶起來，我就在吵雜的拍手聲中醒來。夜很黑，我這才發現聽到的鼓掌聲，原來是傾盆大雨。在黑暗中，我懷疑「日有所思，夜有所夢」，該不會是日前看了王鼎鈞先生寫的〈興亡〉一文而產生的聯想吧！雞瘟來襲，病雞倒地伸腿，群雞圍繞，鼓勵、督促、哀求牠站起來，叫聲沉重，跟夢裡的老鼠遭遇完全相同，〈興亡〉裡的雞隻終究熬不過病魔的侵襲，紛紛伸腿死去；而那隻夢裡被捕的老鼠生死未卜，教人操心。「誰教妳看那麼多書！嚇自己嘛！」女兒聽說了，揶揄我。兒子則另有闡述，他強烈懷疑我是因為白天在電視上看到有人送食物去監獄給親人而聯想過度。

其後，我因懸念而陷入精神混亂狀態，夢和現實遂逐漸真假難分。老鼠的後續發展，像連續劇般糾纏，情節從小老鼠進奉煎餅開始。這些小老鼠不停叼來食物，有花生、有肉糜、有生力麵……籠裡的老鼠像是餓壞了似地，拚命狼吞虎嚥，結果老鼠一暝大一吋，逐漸膨脹，終至無法收拾地卡在籠子裡，動彈不得！牠又嗚嗚哭了起來。

接著，籠裡的老鼠越長越大，肌肉緊實地突出到網外，老鼠痛得悽慘號哭，小老鼠無計可施，決定合力幫助被囚的老鼠脫困。牠們七手八腳、群策群力，好不容易終於打開了籠子的大門，賣力拖出了碩大的老鼠，這才發現老鼠的肢體已被籠子的鐵網固定成鳳梨般一格一格的形狀，僵硬得無法動彈。想像和夢境交雜，灼灼進逼，出了一身汗的我，在深夜起身到廚房喝水時，竟被一個盤坐牆角的鳳梨嚇得魂飛魄散，儼然是卡夫卡

《蛻變》的不當連結，我再也無法入睡，就怕自己醒來也蛻變成一隻可憐的甲蟲。

好不容易捱到太陽出來！我急急打電話回中部給持有老家鑰匙的二姊，請求她回去看看那只捕鼠器是否已有斬獲？交代不管有無，都請她及時丟掉那只籠子。一向就膽小的二姊聽說了，魂不附體，說什麼也不敢前去。我想起母親猶然在世時，大夥兒閒聊，二姊幾度認真地對母親說：

「媽！如果有一天您死去，我一定不敢靠近您，到時候，您可別怪我哦！誰叫您把我生得這麼膽小。」

「真是膽小如『鼠』啊！」我譏笑她，二姊連回嘴都不敢，施施然承認她就是豎仔。就在騎虎難下之際，我們的朋友L幫我解了圍。他說：

「很神奇的，只要捕過老鼠的器具，留下了前鼠的氣味，就再也不會有其他的老鼠上當的！所以，一般人都會將老鼠連同籠子一起丟棄。妳那個捕鼠器沒用了啦！老鼠很聰明的啦。」

這番說詞，總算稍解我的煩惱。可笑的是，部署捕鼠陣的人竟怕捕到老鼠，豈不荒謬。

兩個星期後，懷著忐忑不安的心情，我們排除萬難，在忙碌的工作中抽空南下。一進家門的剎那，心裡竟噗噗狂跳。籠子空的，一如所料。詭奇的是，籠門依然洞開，那塊排骨餌竟然不翼而飛，偌大的肉塊居然屍骨無存。是何方神聖施展凌空絕技叼去了？抑或螞蟻動員百萬雄師以愚公移山的毅力搬運一空？至今成謎。

事到如今，我們別無所求，唯盼那些鼠輩，大「鼠」有大量，暫時忘記殺夫（或殺妻？弒母？弒父？）之恨，我們誠懇期待和牠們重新修補關係，共謀雙贏局面，卑微地期待人鼠一家親。

——本文收錄於二〇一〇年一月出版《純真遺落》（九歌）

魚兒魚兒水中游

一段時間沒回中部老家，打開大木門，入目的竟是一片荒涼。四方竹的葉片泛黃，母親遺留下的多株蘭花無精打采，桃樹、檸檬樹露出厭世的表情；最嚇人的是，小蓮花池裡的水位竟超越低標，一向勇健的蓮花垂頭喪氣也還罷了，淺淺的水面上竟有幾尾錦鯉直挺挺地翻著白肚！這一驚真是非同小可。仔細檢查後，才知原來村子裡的加工出口區排水嚴重汙染水源，地下水就在沸沸揚揚的輿論撻伐下被關閉了。老家設備完善的花木灑水系統、池塘裡供應細水給魚兒活命的水源，在我們滯北未歸的一不留神間悉數被迫罷工；而由水位偏低的狀況判斷，魚池顯然也出現滲漏現象，池底罅漏亟待補強。

我們連夜進行救援工作。趕緊接上水管，將自來水源源注入塘內。原以為水源不斷，應該就可以阻止悲劇繼續發生。誰也料不到，次日一覺醒來，竟然發現所有魚群都浮屍水面。

於是，外子將水放光。從B&Q買來水泥先行修補，晾乾一些時日後，又從親戚處獲贈幾條漂亮的金紅錦鯉，戰戰兢兢養了起來。沒料到還是不成，回北部後一星期回去中部，幾條新養的魚又分別呈現輕重度昏迷狀況。夫妻二人挽起褲管入水池，費盡九牛二虎之力，才將池裡一息尚存的小魚悉數撈到大臉盆裡。其中較大的一隻，明顯氣若游絲，必須進行緊急安置。

「空氣量不足。」外子診斷過後如此說。已然夜深，所有醫療診所都已關門，只能自力救濟了。剛裝設的太陽能熱水器立即派上用場，經過太陽曝曬過的，就算是經過漂白的自來水，也算是比較健康的活水吧！我慷慨讓出原本打算泡澡的大型木製桶給魚兒養病。那隻不斷翻白肚，又奮力掙扎著翻回原樣的小魚，看起來正和死神拔河著。我蹲在木桶邊，不停地跟牠加油打氣：「你行的！加油！千萬別放棄。」後來，乾脆趴在浴桶旁，用愛心及高分貝持續喊話。

神奇的是，只要我發出聲音，那隻魚便奮力翻過半邊身來；我覺得牠聽到了，也受到鼓舞了。外子踱過來，嗤之以鼻，譏笑我神經質。我拉住他，請他看分明，他堅稱魚兒是被我的聲嘶力竭給驚嚇的，「因為牠們不相信人類會發出這種幾近『畢切』（分岔）的聲音。」我不理，也不受影響，繼續我的人道救援行動。

不可置信的事發生了！那隻瀕臨死亡的魚兒，竟然成功翻轉，逐漸正常地游動了，再沒有將害羞的白肚子翻給我們觀賞了。外子雖然始終不肯給我口頭嘉勉，卻也露出安慰的微笑，終究也是一條寶貴的性命。等到牠的生命跡象穩定後，外子做主還是將牠送回池裡，他說：「魚不該占據人類的浴桶，該回歸屬於牠們的池子裡！這是天經地義的。」於是，就在月亮的迷濛光暈籠罩下，我們戰戰兢兢護送幾隻魚兒返回牠們的故居。

那晚，我一晚睡得不安穩，頻頻被噩夢驚擾。半夜，還偷偷躡足下樓，到院中的小池查看。因為黑濛濛的，也沒看出什麼端倪。第二天醒來，我連拖鞋都來不及穿，迫不及待奔下樓，衝出去，發現魚池內的魚竟都暴斃了。真是晴天霹靂！我欲哭無淚，鎮日心情沉重。其後，我們不死心地改良養魚方式，又買了好幾批不同的魚兒，可惜都不得善終，陸續亡故。我暗自發誓：再不養魚了！這是成語「愛之適足以害之」的最佳範例。

隔了一段時日，池塘裡，長出許多孑孓，蚊子到處飛竄。有人又建議我們養幾隻鬥魚，說鬥魚專吃孑孓，可以減少蚊子的肆虐，而且很好養，不容易傷亡。我們禁不住慫使，又開始心動起來。趁著秋高氣爽，我們再度光臨「水族天地」看魚。

星期假日的午後，外頭一片寂靜，感覺大夥兒都睡午覺去似的。我們把車子暫停在店門口邊邊，壓到部分禁停的紅線，正擔心著，老闆豪氣地跟我們保證：「我眼力好，幫忙看著。」於是放心在店內逡巡。不到五分鐘，有另一位男士進來，邊回頭邊說：「好像有輛紅車被拖吊車拖走了，不是你們的車吧？」我奔出去一看，哪還有車子的蹤影！老闆慚愧欲死，直說：「怎麼會這樣！我明明一分鐘前才看過，手腳這尼緊！而且無聲無息，這個政府哪會這尼愛錢啊。」

內疚的老闆，手足失措，只能將魚賤價賣給我們，而且許諾終身打折。他叮嚀我們：「下次來，別忘了提醒我，就是車子被拖走的那一家人，我一定給你們打折。」

以後打折有什麼用！現下便動彈不得。豐原的拖車場遠在天邊，計程車好像並非招手即可得。正煩惱間，那位剛入門的男士慷慨伸出援手：「我就住在拖吊場附近，你們等我買幾包小石，順道載你們過去取車。」這一說，解救了買賣雙方，那位正為守護無方而愧赧的魚店老闆乾脆餽送這位解圍的男士他所需的兩包小石。此事最後以花錢消災了事——罰款兩千餘元。

以為事情就此作結，豈知還有後續。一日，我接獲自來水公司小柬，提醒我這兩個月的水費異常增生，請我們檢查是否有漏水情事。我找出水費單，竟然高達八百餘元，沒人長住的房子，只有假日偶爾歸去，這費用堪稱異常了。我當是新裝設太陽能熱水器，泡澡太多所導致，沒加理會。自來水兩個月收費一次，然而，接續的水費單又來，竟然攀升至一千三百餘元，我們不知從何著手檢查，開始懷疑是否水公司抄表失誤，但只限心中狐疑，因為忙碌，並無實際稽查行動配合。但事情越來越離譜，第三次水費轉為兩千七百元，甚至凌駕了夏日的電費。於是，請專家前來勘查，竟說並無漏水情事，偌大的水費到底打從何來，夫妻二人對坐猜疑。

無人長期照看的老家，為了養幾隻不起眼的灰撲撲的鬥魚，必須保持流動的池水；為了院子裡幾株花草，必須裝設灑水器定時自動灑水，如果這就是水費節節攀升的原因，這代價未免也太高了，雖然大家都同意「生命無價」。而那幾隻鬥魚，經過專家分析，可能無法適應自來水的水質而相繼暴斃，我們遂決定收拾起過度浪漫的心情，終止養魚活動，一方面避免「我不殺伯仁，伯仁因我而死」的死亡慘事繼續發生，一方面看看能否抑制月月飆漲的水費。

第四次的帳單真讓我們瞠目結舌了——三千八百餘元！怎麼一回事？池裡的水已然停止供應多時，怎麼水費依然像水災一樣暴漲？我拿著手電筒在深夜對著靜止不動分毫的水表查了又查，完全束手無策。託天之幸，第五次帳單來了！暴跌到兩百七十七元，接下來是一百八十元，原來帳單所收取的費用並非當月，而是兩個月前的，總算終結了毫無節制的「流水帳」。

「好厲害的魚啊！」我不禁大嘆。這證明了那幾隻鬥魚確實曾在八個月間至少吃掉兼游掉了九千元的水。為了嚮往「魚兒魚兒水中游，游來游去樂悠悠」的境界，我們竟然如此執迷不悟，養了一群又一群的魚，浪費了好多水資源不說，還讓好幾十隻的魚兒枉死，真是罪孽深重。幸而，暴漲的「流水帳」驚醒了夢中人，於是，狠心從花市載回十幾包的泥土一股腦倒進池中，實施填土造林，棄養流水淙淙的蓮花池，也告別纏綿的養魚生涯，從此魚兒魚兒不再水中游。

——本文收錄於二〇一三年八月出版《在碧綠的夏色裡》（九歌）

一「籃」幽夢

說起機車，我就有一肚子牢騷。

婚後沒多久，我們便一直以機車代步，兒子上大學時，老喜歡搶我的車子騎。對他而言，騎我的車子，其實是萬不得已的選擇。一百八十餘公分的身高屈居在五十ＣＣ的山葉小車上，就已經夠窩囊了，何況，車子前方還懸掛著在他看來罪無可赦的車籃！每回騎車，他總不辭辛勞地事先用螺絲起子將籃子卸下，為了那個車籃，我和他爭執不下數十次。

「到底那個籃子礙著你什麼！你非得這樣追殺到底！」我簡直是咬牙切齒了。

「妳不覺得很醜嗎！有礙觀瞻嘛！騎出去，別人會笑死，看起來很猥瑣欸。」

我實在想不透車籃跟猥瑣之間是如何掛鉤的，不過，我也深知年輕人有些奇奇怪怪的禁忌，並不是那麼在乎他拆下車籃以成全偉岸騎士的做法，重點是他總不肯物歸原處，將籃子重新歸位，害我下樓想上市場買菜時，常常還得上樓尋找被卸下的菜籃。對這點，他也有一番振振有詞的歪理：

「我拆、妳裝，很公平啊！妳騎著裝著奇怪籃子的機車毀壞市容、汙染市民的眼睛，是很不道德的行為，為不道德的行為付出一些代價是很公平的呀！」

當我氣憤地忍不住向學生投訴時，學生的反應倒是難得地很一致：

「機車上裝車籃？哈！哈！哈！……別逗了！虧老師想得出來！」

厚道些的，忍不住掩嘴竊笑；張狂點的，乾脆前俯後仰地哈哈大笑起來，彷彿我是行止詭異的外星人！然而，車籃之裝置於我而言是如此順理成章，可能是從小所騎的腳踏車前方都有那麼一只籃子懸著，因此，從買下第一部機車伊始，便很自然地要求車商附送一只籃子掛上，買菜、購物兩相宜。所以，儘管歷盡兒子的譏嘲、學生的駭笑，仍然我行我素，騎著裝上菜籃的機車滿街驅馳。

事猶未了，機車帶來的困擾方興未艾，外子戲稱它為「一『籃』幽夢」，各位看官權且耐下性子，聽我細說從頭。

也許是公德心越來越低落，長期停駐路邊的車籃，竟逐漸變成路人甲或路人乙的流動垃圾場。由起始的偶一為之，逐日遞增，近年來，變本加厲的結果，已演變成無日不有。籃內的垃圾，五花八門，大體不外飲料鋁罐、空的鋁箔包、寶特瓶、速食包裝紙、紙杯、形跡可疑的衛生紙……這些廢棄物之所以被棄置於籃內，不難想像，宅心仁厚時，也能體諒這種行走於途、不易尋得垃圾桶的權宜之計。引起我的強烈不滿的，倒不是這些路過時順手丟棄的廢物。從三年前的某一天清晨起，車籃內忽然開始進駐一排又一排掏空了藥物的鋁箔片。每隔兩三天，便會出現二至三張。

「在什麼樣的狀況下，人們會將需要丟掉的藥盒、鋁箔片大費周章地攜出室外並丟棄在別人的車籃內？」

家人和我百思不解。依照我們的理解，同時丟出兩三張廢棄鋁箔片，想必是長期服藥者將藥粒逐日分裝過後的動作，為何不順手丟棄於自家垃圾桶中，何以需要刻意攜出置放他人之籃？難道這位患者以丟棄物件為名，行走路健身之實？如此則不免太把個人健康建築於別人的痛苦之上了。一個月、兩個月過去，這位病患還真是持之以恆，半年過後，鋁箔紙和藥盒仍週期性地每兩三天出現一次，頗富韻律感的。我們開始好奇起來，斯人也而有斯疾！除了我們認定的精神問題之外，他到底罹患什麼病症？於是，我們收集掏空的鋁箔包裝，上網查看藥品屬性。一種是Kintec（恩納比爾錠），專治高血壓和充血性心衰竭；另一種叫Avandia（梵帝雅），是胰島素增敏劑，可以增加細胞對胰島素利用，降低血糖，是治療糖尿病的。如此說來，這位仁兄應該是高血壓和糖尿病的慢性病患。同時罹患這兩種病症的，應該屬於高年齡層的吧！我如此猜測著並開始仔細觀察周遭的鄰居，想採取排除法擒拿嫌疑犯。

首先，隔著馬路的對門有一群老人常在芒果樹下聊天泡茶，會是他們之中的某一位嗎？嗯！應該不是。他們何必捨近求遠，馬路那邊的機車停車格裡不是也常停了一部裝了籃子的機車嗎！右舍那位老將軍呢？應該也不可能，依我對軍中袍澤的觀察，他們多半相當重視紀律，何況是身居高階將領，不可能做出這樣的事！右舍的嫌疑既然被排除，那左鄰如何？左邊的兩戶人家，恰恰分別都有高齡老人家。緊鄰的鄰長平常就熱心公務，對鄰居很友善，應該不會縱容家人造成別人的困擾才是；那就剩下那位常在機車上留言恫嚇大夥兒不要在他家圍牆邊停車的老先生了！他短小精幹，雖然已經年過九十，依然生龍活虎地從事辦桌本業，聽說輕易就能變出五、六桌香噴噴的酒菜，可看不出他身體有何異狀。外子說：「高血壓和糖尿病的慢性病患者從外表是很難辨識出來的！」我追問他是否也懷疑凶手可能是這位老先生？外子卻又閃爍其詞說：「我可沒這麼說！」那麼，這位居心叵測的病患到底是何方神聖呢？我用懷疑的眼光打量路過的每一個人，當然，在我灼灼鷹眼的採照下，那位九十高齡的老翁一直是頭號嫌疑犯，雖然，每回照面時，我還是面露笑容，和他親切地打招呼，其實，暗地裡懷抱一副怨毒的心腸。

在心裡嘀咕了一年之久後，事實證明我識人不明、胡亂栽贓，因為直到這位老伯伯過世後，那些煩人的藥盒猶自日復一日安靜地躺在我的車籃內，顯然我白白冤屈了這位勤奮工作、至死方休的可敬老人！唯一的變化是，Avandia（梵帝雅）的鋁箔片在某日的清晨被 Diamicron（岱蜜克龍）所取代。我不知道這位神祕的病患為何改換藥方，一度曾懷疑此人是否病情加劇，頗替他憂心的。雖然我們素昧平生，但因為一張又一張的藥殼子的牽引，也算是有緣了，我們全家人都很關切他的健康，上網查詢，也無法確切解讀他換藥的原因，只知道新藥的主要成分為 Gliclazide，主治第二型糖尿病（非胰島素依賴型糖尿病），不過，網路傳說此藥應該要撤出市場，因為近半年來有研究認為患者服用後可能增加缺血性心臟病罹患率，也就是它會提高病人心臟病發作的風險。我們十分擔心這位病患或許疏忽了此項資訊，雖然我們如此憎惡他帶給我們的困擾，但是，憑良心說，我們還是由衷祝福他的病情能得到有效控制。幸而，半年之後，我們由他遺留的藥盒發現他改服克醣錠，至於為何慶幸他改了藥方，我也說不出個所以然來，也許是受了那則未經證實的網路傳言影響吧。

三年過去了！這位意志力堅強的病患似乎有心追著我們的機車跑，我們曾試著轉移機車的停駐地點，然而，可能因為仍在方圓幾十公尺之內，所以，總是無法逃脫他的魔掌，藥盒子固執地追索著我們那輛機車，從嶄新直追到破舊！鍥而不舍。車籃子經過風吹雨打，開始鐵線生鏽、螺絲鬆脫，甚至嚴重扭曲變形，承蒙這位病患青睞，不離不棄，有時想起來，也不免要被他的專情所感動。然而，到底是哪位仁兄呢？這樣不厭其煩地、堅持地偷偷做著同一件有損公德心的事，持續三年之久，毅力實在堪稱「驚人」了！難不成和我們曾經有過什麼樣難解的過節不成？是積恨使然嗎？有時對著那些藥殼子嘆氣時，竟然會變態地疑心某個我所不知道的窗口正有一雙眼睛賊賊地注視著，且對我的無計可施打從心裡痛快地幸災樂禍。當這麼想著時，又激發我必欲擒凶的決心。

「就只能這樣坐以待斃嗎？難道沒有什麼方法可以解套嗎？」

外子提出看似可行的方案：

「把籃子拆掉不就一勞永逸了。」

我才不答應！這是何等怯懦而消極的應對，我主張對惡勢力得採正面迎敵方式，寧死不屈。於是，心生一計，決定和隱形敵人展開對話，我用黑色奇異筆在A4的白紙上溫情喊話：

「親愛的鄰居：車籃並非垃圾桶，請勿在籃內丟棄廢物，也包括藥盒子。拜託！拜託！誠心祝福你早日恢復健康！車主敬上」

經過縝密的觀察和理性的歸納分析，那位神祕客應該不是夜貓族（因為我曾從四樓整夜目不轉睛地往下看，都沒有任何發現，直到累得小睇片刻後下樓，卻又有數張鋁箔片盤據籃內），而是靠著黎明的掩護遂行他的例行性犯罪行為。我本該堂而皇之地下樓張貼對話的，卻不知為何也跟著賊頭賊腦地偷偷摸摸起來，夜黑風高之際，我悄悄將那張A4的留言用膠帶黏貼在籃子上，期望得到善意的回應。誰知，天不從人願，夜裡忽然下起一場豪雨，次日，那張充滿偽善語詞的紙張睜著模糊的淚眼回望著我時，我忽然氣憤自己實在太膽小、太窩囊了！我幹嘛得這樣低聲下氣地奉上祝福給一位莫名其妙的小人！於是，改弦易轍，我寫上措詞強烈的譴責，讓不敢以正面示人的鼠輩嘗嘗被唾棄的滋味。於是，A4紙上的字詞傳達出十足的憤怒：

「可惡的老賊：有膽將藥盒丟棄在別人的車籃內，卻不敢以真面目示人，到底是何方鼠輩，再這樣，就別怪我詛咒你的病情越來越糟了！」

第二天，我忽然一反常態地在清晨驚醒，愧赧之念在晨曦中迎面襲來，幹嘛用這種嚴厲且不敬的口吻對付已經夠可憐的病人！不是說「惻隱之心，人皆有之」嗎？我這算什麼教授！一點也不溫柔敦厚，虧我還念了一肚子古聖賢書。萬一那位仁兄看到我的留言後氣急攻心，後果可不堪設想！別人不仁，我豈能跟著不義！我急急下樓，唯恐悲劇已然發生，誰知籃內空空如也，連被牢牢黏住的那張警語也不見了，我如釋重負，慶幸粗暴的文字隨風而去。然而，問題還是沒解決。我生性樂觀進取，雖沒有那位仁兄那般堅苦卓絕，卻也不是輕易屈服之輩。於是，再接再厲地，援筆寫下自認措詞尚稱得當的幾句話：

「罹患心臟病與糖尿病的先生：想你應該聽過『己所不欲，勿施於人』的話，如果你能履踐聖人的格言，將空的鋁箔及藥盒子留在自家的垃圾桶，而不擺進車籃內，造成我們的困擾，我們會十分感激，也樂意誠心祝福你早日康復。車主上」

女兒看了，笑得前俯後仰，說：

「媽！寫得太文謅謅了啦！誰管妳什麼『己所不欲，勿施於人』的！」

我不管！雖然不知敵人的動向，做人的基本風格還是得維持著。這回，我不好意思自己去張貼，抬出母親的威權，脅迫女兒連夜去從事。

沉默數天的外子，終於也沉不住氣了。他不以為然地指正我：

「奇怪欸！為什麼妳在紙上稱呼他是『罹患心臟病與糖尿病的先生』？妳怎麼認定他一定是男的？妳又沒見過他！」

經過這一提醒，我才恍然發現自己腦海中的嫌疑犯，的確從頭到尾都是男性，難不成在我的潛意識裡，確實對男人懷抱成見？可我才不願意承認歧視男人的罪名！於是，再度發揮狡辯的專長：

「你不知道先生是個中性字眼嗎？稱呼男女都可，你忘了？比較有成就的女人，最後都被稱呼作『先生』！譬如：作家林海音就被稱作林先生……哎！你到底怎麼啦？為今之計，最重要是齊心克敵，你就別節外生枝、鬧內訌了！」

外子一向口拙，知道所有和太太的爭辯，橫豎到最後都是輸，也就只好鳴金收兵。

次日，一早出門的女兒，在樓下按著門鈴，大驚小怪地說：

「媽！沒用啦！還是有好幾張鋁箔片丟裡頭，就擱在那張紙上面。」

我把鋁箔片扔了，將紙張弄端整些，依然貼著。第三天，機車無端倒地不起，我很小人地認定此事不尋常，感嘆世風日下、人心不古，連這樣溫婉的評言都無法讓他改過遷善，可見這人真的病得不輕。

然而，又能如何呢？我又不能日日徹夜守候，來個人贓俱獲。朋友建議裝置監視器以利甕中捉鱉。可是，為了捉拿區區一名罪行輕淺的嫌疑犯而不惜重金購買昂貴的監視器，連傻瓜都知道不敷成本。我本來絲毫不作此想的，但是，兒子從南美洲回來後，另謀新職，居然在外銷監視器的公司謀得一職，陡然燃起我的一線希望。在閒聊時，我若無其事地說：

「貴公司的牆角應該有不少被淘汰的監視器吧！你們公司都如何處理？」

兒子警覺性特強，防禦心顯然過當，立刻毛髮盡豎地問我：

「妳不會要我做犯法的事吧！我剛進去怎知他們如何處理！媽！妳不要太過分哦！我可是個廉潔的人，絕不貪汙。」

這樣解讀母親的話，簡直是對我人格最大的侮辱，套句近日的名言：「真的很超過！」我豈是那種偷雞摸狗之輩！不過探問可有賤價出售的次級品而已，竟引來兒子如此的疑慮，顯見近日所有台灣之子都充分體認被母親「指示、支配」後的嚴重後果。不知是否受到此事的影響，幾天之後，兒子不聲不響地辭職，和監視器徹底切割，我也因之斷了裝置監視器緝凶的念頭。

接下來的日子，我們閉門苦思對策。女兒建議在籃子上加蓋，「他難道就不會放在蓋子上？」不行，提議被否決。一向溫厚的外子可能也真的被惹惱了，竟然提議在籃子上通電（誰說最毒婦人心！）。兒子笑說：「第一個被電到的絕不會是別人，鐵定是一向糊塗的媽媽。」我陰陰睨了外子一眼，懷疑有人想挾怨報復！立刻加以封殺。我到學校集思廣益，男學生甲說：「這有什麼好煩惱的！就把那些垃圾丟到地上就行了！」女學生乙掩著嘴竊笑，小聲地說：「我都把它丟到別人的籃子裡去。」啊！真氣人！怎麼我就是沒辦法這樣率性呢？

想來想去，既然敵人藏在暗處，拿他一點辦法也沒有，最後，我也不得不豎起白旗認輸——決定將籃子拆了，以絕後患。誰知那只籃子還真是比我硬頸、倔強，它就是不肯投降！嚴重生鏽的螺絲釘怎麼也轉不開，看似腐朽變形的籃子，卻有著鋼鐵般的戰鬥意志，我耗掉了一個早上，只能無功而返，任憑它歪曲著身子盤據著。連籃子都不聽話，存心欺負我！這回，我算是同時見識了兩個狠角色了！

只不過是幾張廢棄物，卻讓我對這世界感到心灰意冷。「人善被人欺，馬善被人騎。」難怪我死去的母親生前經常如此喟嘆。從那日起，三年來，不辭辛勞、規規矩矩地收拾廢物、拎上樓去丟進垃圾桶的美德受到重創，我感受到前所未有的疲憊，決定不再為這樣可惡的人善後。我任憑鋁箔片和藥盒子原封不動躺在籃內，騎車時，發動引擎，向前疾馳，那些廢棄物紛紛自動從籃內飛奔出去，落在身後的台北街道上，我採取的是老莊的「無為而治」。

「去他的溫柔敦厚！去他的公德心！」垃圾迎風飛舞，我大聲沿街呼喊，雖然臉孔被一張迅即飛出的尖銳鋁箔片畫出一條猙獰的血痕，卻充分感覺道德淪喪後自暴自棄的暢快淋漓。

——本文收錄於二〇一〇年一月出版《純真遺落》（九歌）

向演講者致敬？

幾年前，我應邀到文學營授課。下課後，一位熱情的文藝少女攔住了我的去路，靦腆地邀請我在暑假過後去她們學校的文藝社團演講。我正猶豫著，她先就紅著臉搶先說：

「不過，我們社團能致送的演講費是非常微薄的，老師一定不肯去的。」

我看她長得可愛，又非常害羞，便存心跟她開個玩笑：

「非常微薄？到底是多微薄？」

她的頭幾乎是埋到胸前了，幾近自言自語地說：

「教授一定不會相信的，學校的社團很多，分配到的資源很少，我們社團的會員又少……」

她看起來窘得不得了，臉更紅了，很認真地解釋著微薄的原因，所有的話都在周邊打轉，始終沒針對問題回答。我微笑著打岔：

「那到底是多少？」

「五百元。」

她像是豁出去似的，忽然大聲地回答。然後，撇清關係般，話剛出口，便負氣地迅即轉頭看著遠方。我說：

「那不少了呀！什麼時間？」

她轉過臉來，驚訝地看著我，不可置信地問：

「真的？老師真的肯來？」

暑假過後，我依約前往。為了配合微薄的演講費，我騎了部頗有些年分的老爺摩托車前去。那位可愛的女孩到校門口接待我時，又露出羞愧的表情，說：

「因為是全校的課外活動時間，大夥兒都參加自己的社團活動，所以，很少人能來聽演講。」

在我表明了不在意後，女孩忽然很認真地朝我說：

「教授不用擔心。我們已經想好了對策，我們在演講的教室門口放了一口箱子，聽完後，感到滿意的人，可以投錢進箱內，向老師表達敬意。」

我嚇了一大跳！期期以為不可。這分明是挑戰我的演講魅力來了！可是，這回，女孩表現得非常堅定，她覺得過分微薄的演講費實在太對不起老師了，一定得做些補償措施。演講完畢，學生遞過用信封袋封好的演講費，五百元外加臨時募來的。我騎上摩托車，感覺信封裡頭零錢叮叮噹噹作響。因為不敢面對現實，我一直將信封擱在抽屜內，沒有勇氣打開。

幾日後，禁不住女兒的唆使，我終於將信封打開，數了一數。女兒著急地探問多少錢，我按捺住失落的情緒，故作輕鬆地說：

「很少啦！學生嘛！能帶多少錢？何況，她們社團的會員本來就沒幾個……那天，聽說另外有個大型活動在她們學校……」

我一直在周邊打轉。女兒不耐煩了！說：

「很少？很少到底是多少？」

我當場翻臉，很沒風度地遷怒道：

「七百七十七元啦！一直問、一直問！怎麼樣？現在妳開心了吧！妳媽媽的演講只值兩百七十七元啦！」

——本文收錄於二〇〇四年十月出版《像我這樣的老師》（九歌）

如果連您都不肯答應！

男子來邀約演講時，已經十分接近演講日了。儘管男子口沫橫飛，而且說了許多讓人十分虛榮的話語，諸如：「真的非常喜歡您的作品！」「聽說老師的演講叫好又叫座！」「大夥兒都非常期待您的到來。」之類的話，然而，因為演講地點實在太遠，我沒加考慮，立刻婉拒。他不死心，繼續曉以大義，說：

「參加這個文學營的，都是對文學創作有興趣的年輕人。您身為文學教授，對培育文學人口應該當仁不讓，怎麼忍心讓他們失望？」

沒料到是這樣的責問，一時之間也想不出比較得體的回答，我支支吾吾地反覆說著：

「可是，真的不行呀！演講地方太遠、太偏僻了！」

男子真是鍥而不舍，根本不聽我的，繼續糾纏不清。為了斷了他的念頭，我好心地提醒他：

「我是一定不會去的！你與其浪費時間來遊說我，不如趕快放下電話，去另外找別的作家。」

「能找誰呢？您能推薦嗎？」

為了及早脫身，我不顧道義地陸續提供了幾位文藝界朋友的名字，他都沮喪地回說早就找過他們了，他們都不肯答應。我越講越生氣，原來我不但不是他邀約的首要人選，根本連前十名都排不上。他是在別處受挫，不得已才來找我的！更讓人氣憤的是，接著他竟然說：

「如果連您都不肯答應，那我怎麼辦？」

這是什麼話！「如果連您都不肯答應」是什麼意思？我是個這麼不入流的作家嗎？我不好意思明白顯示自己的小器，但是，其實心裡很受傷。我直接了當跟他說：

「對不起！這不干我的事，你必須自己想法子解決，我要掛電話了。」

男人或許聽出了我語氣中的不快，立刻道歉，並說明是因為焦慮找不到演講人以致口不擇言。更讓人驚訝的是他接下來說的話：

「今天，如果您不答應，我是不會掛電話的，我已經走投無路了。」

我不理他！逕自將話筒掛上。碰上這種發瘋的男人，我氣得想撞牆。

過了約莫十分鐘左右，女兒拿起電話撥號，赫然發現男人還在電話裡等待，看來他是玩真的囉！女兒再次掛電話，五分鐘之後，男人依舊等在電話裡，如此者好幾回合，女兒急著打電話，氣得在電話裡罵他！

這是十餘年前的事，因為當時家裡沒有其他電話或大哥大，著急對外聯絡的女兒只好反過來遊說我投降。

男子贏了！最後。

——本文收錄於二〇〇四年十月出版《像我這樣的老師》（九歌）

輯五

教授別急

迷迷糊糊過一生

去年，幾個報紙的副刊不約而同開闢了專欄，大談迷糊事。有的自己招認，有的掀先生的底，有的揭太太的短，談朋友，說親戚的，五花八門，我拿著報紙開心地哈哈大笑。兒子看來看去，嗤之以鼻：

「這些算什麼！也好意思寫，要比迷糊，誰能勝過媽媽！」我的笑容頓時被迫僵硬在半空中，張口結舌。家中另外兩名成員，非但不出來為我說句公道話，還頻頻點頭，表示同意。外子甚至還加上注解：

「絕對找不到第二個了，不管是質或量，都堪稱第一。得空，我好好整理整理，寫出來，包准教他們個個相形失色。」

為了這句話，這些日子來，我一直寢食難安，深恐有朝一日，形象大毀。因之，決定自行提早自首，據說，刑法上，自首者量刑從寬。

談到糊塗事，我的確有一籮筐。

出門忘了帶鑰匙，早已是家常便飯。鄰居對我經常夥同鎖匠談笑出入，已是司空見慣。最近，我變得聰明，發現去學校中向兒子求援，可以省下一筆可觀的開鎖費，正為自己如此罕見的睿智而沾沾自喜，沒想到兒子已迭有煩言：

「人家同學的媽媽來學校，都是為了孩子的功課或班上的公務，只有妳每次來都只是來拿鑰匙……」

他的意思我當然明白，他只差沒拿著春秋大義來責備我的「以私害公」。最近，我只要到學校去，兒子便不由分說由教室裡傳出鑰匙來。全班同學都對蔡媽媽耳熟能詳，只要看到我，便提高嗓門高喊：

「Hank，你媽媽又來拿鑰匙了！」

面對這樣的反應，只要稍有羞惡之心者，當然都不免要痛切反省一番，因之，有一段時日，我特別在大門內張貼大字報，提醒「勿忘鑰匙」。只是，家中各類鑰匙，實在種類繁多，汽車、機車、自行車，甚至研究室鑰匙，匆忙之中，要做到準確無誤，確非易事，因之，常常仍舊只是白忙一場。

其次是出門了，才想起忘了帶地址，常在街心轉了半天，才怏怏然回返。

有一回，我應邀參加報社副刊所舉辦的文學獎頒獎典禮。因時間倉卒，我順手拎了個牛皮紙袋，便搭計程車前往。直到報社，才被警衛告知在某飯店舉行，我回頭又招了輛計程車往回走，匆匆跳下車，照標示樓層前奔，喘息未定，見招待小姐正要捲起簽名簿，我趕忙搶先一步，在卷尾簽下大名，然後直入會場。裝模作樣在場中東繞西轉，只覺俱是陌生面孔，正惆悵寫作人口流動率如此之高，一位老先生湊到身邊來和我搭訕，大談農產品改良技術云云。

因話題新鮮，我不免多問了兩句，老先生口沫橫飛，越談越起勁兒，差不多過了十分鐘左右，我才慢慢警覺到情況有異，這時，老先生突然想起般問我：

「啊！是啊！妳是哪一個農會的？我怎麼從來不曾看過妳？」

我齜牙咧嘴，唯唯諾諾。到門口一看，乖乖！紅色橫布條上寫著「農業推廣……」，難怪出席人士個個鄉土味十足，我慌忙奪門而出，原來頒獎活動正在緊鄰的會場展開。

進到會場，見到一干舊識，這才放下心來。端了杯雞尾酒，調整一下匆遽的心境，我款款走向一群女作家中間，優雅地頷首為禮。

不提防間，一把由兩位計程車司機找下的零錢驀地從牛皮紙袋裂縫中紛紛滾落。一時間，滿地銅板，四下亂滾，大夥兒齊齊彎下腰滿地找錢。不明就裡的人見大夥兒目光炯炯四下摸索，也盲目地跟著彎腰搜索，頓時造成一陣小小的騷動，我也因之出了那麼點小小的鋒頭。

說來邪門，迷糊有時竟像傳染病似的，會一個接一個。多年前的一個夏日，車行過東吳大學城區部，我突然想到可以去領幾個月來的鐘點費。於是，在停車場停妥車子，臨下車前，想到帶著皮包多累贅，便把皮包丟回座位上，順手帶上車門。

等到取了錢，才發現大事不妙——汽車鑰匙反鎖在車內的皮包裡。豔陽天，日頭赤炎炎，我急得差一點沒哭出來，隔著窗玻璃，看見白色皮包靜靜地、悠閒地躺在前座座椅上，咫尺天涯，鑰匙在裡頭，錢包在裡頭，我一籌莫展。既然身無分文，只好振作起來，安步當車，頂著大太陽，蹬著高跟鞋，先到貴陽街，鎖店已倒閉；再到桂林路，中午休息；直奔康定路，老闆出去了……熱心人士，相繼指點，我循線奔赴，氣喘如牛，總算在內江街尋到了鎖匠。

鎖匠懶洋洋地，踟躕搔首，我差點兒沒聲淚俱下地求他，他總算勉強點頭。我坐上他機車，風馳電掣，前後不到三分鐘，問題悉數解決。我取出皮包，掏錢付帳，一不小心，碰到上衣口袋，哇！怎麼忘了剛領的一筆鐘點費！

經過這一折騰，真是元氣大傷。回到家，我撐著幾乎已是半殘的身子，先行洗米下鍋，插上電，預設好時間，在疼痛的腳踝上貼上ＯＫ繃，便四仰八叉地躺下休養生息。孩子放學了，嚷著肚子餓，我胸有成竹地說：

「飯鍋裡有熱騰騰的飯，自己用微波爐熱菜。」

孩子把菜熱了，打開飯鍋，嚷著：

「媽！哪有飯？電子鍋裡只有洗好的米；大同電鍋內熱呼呼的，可是裡頭什麼也沒有！」

原來插錯了插頭。

那天的荒唐事並沒有隨著夜幕低垂而告結束。那時，我在東吳夜間部兼授兩堂戲劇課。為了下午接連的這兩樁意外，我特別不敢掉以輕心，刻意提早到校，上課鐘一響，我便走進教室。奇怪的是，教室裡居然空無一人。原先，我還自信滿滿，暗自責怪現今的年輕人越來越沒有敬業精神，五分鐘過後，我開始懷疑；八分鐘後，信心盡失。

我驚慌地四下尋找。我一向只在第一週上課時，牢誦教室號碼，其後都僅憑感覺決定方位——大概是大樓的角落邊間。偏是東吳城區部七樓建築，一式一樣，我逐層找尋同一方位邊間，從一樓爬到六樓，終於讓我尋到了一些熟悉的臉孔，教室裡沒有老師，我大大地鬆了一口氣。進了教室，學生行禮如儀，精神似乎特別抖擻，「老師好」喊得震天價響。

我一邊擦汗，一邊道歉。然後告訴他們今天糗事不斷，請他們務必對未老先衰的老師多一份體諒。學生笑得東倒西歪。這時，突然一位頭髮擦得油亮的男教授冷不防推門進來。一看到我站在講台上，表情錯愕了一下，隨即邊道歉，邊把門帶上退出。我沒料到這麼快就遇了位與我同病相憐的人，不禁開心起來，朝學生慶幸地說：

「幸好！糊塗的看來還不止我一個。」

這會兒，學生笑得更猖狂了。有的甚至捶胸頓足，跌落到椅子下。我決定不能浪費大夥兒的時間，清清嗓子，正想言歸正傳。不想，一張女學生的臉突然出現在門上的小小窗玻璃上，朝我猛招手，我無可奈何地抱怨道：

「你們這些學生真的很大牌咧！比老師晚到，還不趕快進來，難道還要勞駕老師親自去請！」

我過去拉開門，女學生睜大眼睛問我：

「哇！老師！妳怎麼在這裡？害我找得半死。我們全班都在語言教室等妳！妳不是說這星期看錄影帶『王魁負桂英』嗎？」

天啊！怎麼會有這樣的事！我回頭問教室內的學生，學生異口同聲說：

「我們是妳去年教過的學生！」

怪道！看起來這麼面熟！這時，那位油光滿面的男教授拎著〇〇七手提箱滿頭大汗地又繞了回來，口齒不清地說：

「我們再研究研究！到底是妳錯了，還是我？」

這回，我可精明了，死不認錯。我面不改色地耍賴：

「不是你錯，也不是我錯，是學生認錯了老師！」

——本文收錄於一九九四年一月出版《不信溫柔喚不回》（九歌）

教授別急！

應中和社區大學之邀，她前去中和農會演講。前一夜，她還上網列印地圖，研究路線，並多方請教車程所需的約略時間。課程從晚上七點開始，怕尖峰車流，她六點出發，預估的時間原本應該綽綽有餘的，卻因月黑風高，一時誤入歧途，上了八里、新店快速道路，等驀然回首，已身陷板橋。發現鑄成大錯後，她鎮定地想用最笨也是較可靠的方法——循原路而回，再重走一趟。誰知黑暗中竟然看到「中和交流道」五個大字的標誌，啊！這不就是她要去的地方嗎？她見獵心喜，不假思索，立刻往指示方向奔去！豈知一失足成恨事，眼見中和就在下方，卻怎麼也下不去！闃黑裡，只見閃閃爍爍的車燈像水流般一路蜿蜒而去，她被車流挾持著上了高速公路了！呼天天不應，叫地地不靈，時間一分一秒過去，她心急如焚，主辦單位的電話催促聲在高速路上聲聲哀嚎，她退守到路肩接電話。「時間已經快到了，您在哪裡？」聯絡的男子高聲問。她四顧茫然，找不到任何足以辨識的符號。

「教授別急！慢慢來！我們會等您的。」

別急？男子的聲音高亢、急促，根本無法配合溫柔安慰的話。她告訴自己，別慌！殺人也不過頭點地，又抓起方向盤，踩油門，看到安坑了。腦子忽然一片混亂，安坑？深坑？到底哪個坑較接近中和？還沒想好，已然錯過交流道。電話又響起來，教授到哪裡了？安坑。這回她顧不得守法與否，接了電話。「是往南還往北？」「是啊！現在到底往南還往北？天啊！腦子像一盆漿糊。終於看到深坑，那到底意味著往南還是往北？她方寸大亂，差一點哭出來。

「那教授是往北囉！現在趕緊想法下交流道，再回頭走，中和在南方。教授別急！」

交流道上大堵車，寸步難行，她恨不能把車子摺起來拎著飛，「教授別急！我會先讓聽眾做做運動！」男子每五分鐘打一次電話，每一次的最後都用「教授別急！」做結語，她覺得男子比較像是在安慰他自己。

「教授別急！」隨著時間的流逝，男子的聲音越來越急，也越來越大聲。

好不容易終於回頭下了中和交流道，以為該是柳暗花明了，誰知才是嚴酷考驗的開始，中和的道路錯綜複雜得教人抓狂，男子企圖穩住軍心：「教授別急！」直走、有沒有看到岔路？……還沒有？有沒有看到……啊！已經超過了。「教授別急！請轉回頭，差不多兩百公尺再右轉……有沒有看到麥當勞？」看到了！「有沒有看到金石堂？」看到了！「附近有沒有一個保齡球館的大樓？」啊！真的看到了！「有沒有看到我們的接待人員？」沒看到哪！「怎麼會？妳看看是中和路三十五號嗎？」瞇著眼找門牌，不是，是三百多號。

「天啊！相反方向了，再逆向轉回頭……教授別急。」

出發前喝下的大杯咖啡開始產生排擠效用。她告訴自己，雖然已經遲到，還是得先想法上個洗手間。「教授別急！」聽得出電話那頭的聲音越來越咬牙切齒，她的汗像雨般狂下，遲到四十分鐘了！「教授別急！」終於看到人了！她匆匆停了車，跑步奔進農會，鑽進電梯。

「一定得先上洗手間，否則膀胱鐵定完蛋。」

電梯門開，沒得迴旋，一百多雙眼睛齊齊射向她，有人拍手，有人歡呼：「終於來了！」主辦者的臉色鐵青，幾乎用推的將她拱上前方，她被一百多雙眼睛緊緊鎖住，動彈不得。洗手間去不成了，憋著吧，硬著頭皮上台。

這回輪到她告訴自己：「教授別急！千萬得穩住。」

——本文收錄於二〇〇七年一月出版《大食人間煙火》（九歌）

繼續上路囉！

以我先天對機械的低能與駕馭無方，學會開車這件事，堪稱是我人生中最驕傲的突破與成就。我必須老實招認，較諸博士學位的取得，對我而言，學會開車的難度更高，成就更顯卓越。因此，談起這取得不易的技能，我可是沒什麼好謙虛的，雖然，二十四年的開車史裡充滿不光彩的斑斑「劣」跡！

剛學會開車那些年，我住在中壢，少不得開車到台北逛逛，以驕吾友朋。於是，揚揚得意行過總統府前的重慶南路，想一路直奔火車站，豈知到了某個路段，忽見前方一輛大型公車欺身到我的車道來了！一向聽說公車司機「壓霸」，常常以大欺小。想我廖某人雖是女流之輩，又豈是好欺負的！立刻決定正面迎敵，以高亢的喇叭示意他重歸正途、回頭是岸，誰知司機非但不慚愧地轉回他的車道，竟還大剌剌揮手，示意我閃邊、讓道。是可忍、孰不可忍！我打開窗子，準備好好教訓這個狂妄無禮的傢伙，決心必要時為真理殉身也在所不惜。正義之劍正待出鞘，一位行人熱心地靠過來，大聲朝我說：

「小姐！這一段是單行道，妳怎麼開到人家的車道來了？」

那次的經歷，除了讓我見識到台北市奇怪且突兀的單行道劃分路線外，最重要的啟示是無論多耳聰目明的人都必須學會謙卑。我羞愧地蜷曲在家裡，止痛療傷半年後，決定再次重整旗鼓，前進台北。這回目的地是大理街的中國時報，前去參加報社舉行的文學獎頒獎典禮。為了表達最虔誠的敬意，我穿上最美麗的衣服，並將那輛裕隆轎車擦得晶亮（已經是最便宜的國產車了，再不能因髒亂而更讓人看輕！）。典禮隆重進行，我煙視媚行，巧笑倩兮！（那年我約莫三十餘歲，年華方盛。）一切似乎都在掌握之中，最後，手姿綽約地登車，拉下手煞車、倒車，「碰！」驚心動魄的聲響自後方傳來，我攔腰撞上了停放一旁看起來非常高級的進口轎車。一位警衛或司機模樣的男人立刻從廊簷的陰影中衝出，嘴巴張得大大的。我嚇得說不出話來，像個闖禍的小學生撞翻了同學家高級的骨董，羞紅了臉從車中走出，不知道該如何善後，只吶吶地自言自語。正僵持著，裡面出來了一位氣質高雅的女子，據說是車子的主人。男人即刻趨前報告，女子看了看凹陷的車身，再看了看我，搖頭笑說：

「唉！女人開車。」

後來，我才知道，她就是中國時報的社長余範英女士。我懷疑就是那次結下的梁子，使我的寫作一直和時報糾纏、繾綣，至今猶不罷休。

那回的車禍，其實不能全怪我技術欠佳，說起來搭便車的愛亞也難辭其咎。那天初識愛亞，為了讓新認識的朋友見識我帥氣的駕駛姿態，油門因之踩得太過，遂釀成大禍！說來邪門，幾次發生事故，都恰好發生在愛亞搭便車之時。文友林燿德結婚那天，吃完喜酒，愛亞沒被上回事件嚇破膽，仍決定搭我的便車去警廣上班，我為了一雪前恥，刻意謹小慎微。誰知在中山北路最熱鬧的地段，車子一陣打抖後，竟然在路中央停擺，無論我如何敲、打、扭、轉，引擎都無動於衷。後頭的車陣大排長龍，催促的喇叭聲音一聲急過一聲，我探頭出去，朝緊接在後的計程車司機大喊：

「你別再按喇叭了好不好？我都急死了！請您行行好，下來幫我看看是怎麼一回事啦！」

梳著整齊西裝頭的司機，冒著雨，小跑步過來，才探進頭，立刻用很專業的判斷告訴我：

「小姐！沒油啦！發不動的啦！沒用啦！……」

說完，一邊嘆氣道：「唉！女人開車！」一邊屈著身子跑回他的車裡，三轉兩轉的，從隔鄰的車道遁去，完全缺乏守望相助的崇高理想。愛亞想是非常後悔這次沒有聽從孔老夫子「不二過」的評言而再度誤上賊車，可也沒法子，板蕩識忠臣，危急見氣節，她到底還是個講義氣的人，沒有棄我而去，兩人在車內愁眉對坐，不知道拿這個有著龐大軀體的飢餓怪獸怎麼辦。快過年了，車流特多，貪生怕死的我，有幾次想棄車逃逸，免得被粗心的駕駛從後頭追撞，然而，終究沒有行動。正愁著，從一旁竄出一位可愛的交通警察，問明原委，立刻交代我在駕駛座上操控方向盤，由他負責在車後推動，打算將車子推到外側車道上，以免妨礙車流。這位胖胖的人民保母真的很讓人感動，我從後照鏡裡，看見他披頭散髮在雨中使盡吃奶的力氣推車，由衷對人民保母升起無比的敬意。正沉浸在感動的氛圍當中，忽然前方跑來另一位高瘦的交警，他氣急敗壞地喝令坐在我身旁的愛亞說：

「喝！妳倒舒服，安安穩穩地坐著讓人家推。妳就不能下來幫忙嗎？」

真是一語驚醒夢中人！一身披肩、長衫的倒楣朋友只好訕訕然下車幫忙，這輩子我從沒像當時那般覺得愧對朋友。

類似的燈枯油盡，其後又陸續發生過幾次。一回，停放貴陽街東吳大學城區部，才開沒幾步路，又停擺。因為先前忘了關大燈，所以自以為聰明地判定是電瓶掛了，貴陽街上的憲兵隊的幾位阿兵哥應我之請，熱心地出來幫忙推車，推了半天，一點效果也沒有，一位經驗老到的班長，察看半晌，才發現車子原來是飢火中燒，還勞駕阿兵哥從軍營內偷了一桶油出來「救災」。一整個下午，淋漓盡致搬演了一齣「民敬軍、軍愛民」的動人倫理大戲；另一回，時值深夜，由於有了前幾次的經驗，我一下就明白癥結所在，即刻以電話向外子求援。外子帶著一只空桶子和一條塑膠管，騎著摩托車迢迢前來。暗夜中，像騎著白馬的王子，只是要吻醒的不是公主而是冰冷的車子。附近方圓幾百公尺之處，都沒有全天候的加油站，桶子無濟於事；外子企圖以塑膠管引導摩托車的油至汽車油箱內濟急，他以口就管，吸一大口，再急急將管口對準油箱口，似乎不管用，因為汽車的油箱較摩托車略高，於是，他吸之再三，最後是如何解決，如今已不復記省，可永遠忘不了的是回家後的外子，因為吸了一肚子油氣，昏昏沉沉了三天三夜，難看的臉色到底肇因於生理或心理？我問都不敢問。

前年，我為執行國科會計畫案，深夜在洛杉磯機場租了車，將油箱加滿，次日到 Temple City 拜訪紀剛、到 Irvine 看王藍，第三天又從洛杉磯迢迢前往聖塔巴巴拉去拜訪白先勇先生，前後開了好幾個鐘頭的車程，油錶竟然仍居高不下，我高興地朝外子說：

「美國的汽油真管用！跑了那麼遠，竟然還滿格。」

外子斥為無稽，催促去加油，共加了十六加侖，才發現油箱幾近全空。原來油錶故障，我們差一點兒在美國的高速路因失速而失事，回想起來，真是驚出一身冷汗。

說到在高速公路開車，就不由得想起一次有趣的經驗。當時我在桃園的中正理工學院教書，下課後，往往有同事搭便車回台北。一次，載著三位女老師在高速公路上奔馳，忽然發現一位大卡車的司機，「瞻之在前，忽焉在後」，不但追著我的車子跑，還打開車窗不停地朝我們比手畫腳，我快、他也快，我慢、他也慢，同事們都嚇壞了！沒料到光天化日之下，竟然有人敢公開調戲良家婦女！就這樣一路奔馳，等我們從高速公路下到五股交流道，再轉到台北車站前，右轉中山南路，男子仍舊尾隨，不肯放過我們。兩輛車子終於在中山南路上同時被紅燈攔下，嚼著檳榔的司機更打開車門，踱到我的車旁，敲起我的玻璃窗。同事們紛紛警告不要開窗，他越敲越急，我一時惡從膽邊生，打算和他拚個死活。於是，打開車窗，問他意欲何為，他很好心地說：

「小姐，妳好大的膽子！一路狂飆，也不打燈號，就這樣左右開弓地變換車道，難道妳不知道這樣很危險嗎？難不成妳的車燈壞了，我跟妳講話妳也不理？唉！女人這樣開車！這會被罰錢的……」

試了試，果然兩只後車燈全壞了。大夥兒又好笑、又惆悵，好笑的是錯怪了好人；惆悵的是一群中年女子全高估了自己的美貌。

當然！我們之所以有這樣的疑慮並非全然無稽。外子和我，就曾碰過凶神惡煞。事情發生在清晨開車上班途中，行經板橋時，一輛BMW的轎車毫無預警地從右方以極為險巇的姿態斜岔進到我們的車道，小小擦撞了我們車子的保險桿。本來擦撞事小，但是，一大清早被嚇得魂飛魄散，對方的蠻橫開車態度讓人生氣。我即刻威脅開車的外子下車理論，唯恐溫文的外子秉持一貫息事寧人的態度，我用狠話恐嚇他：

「這回，若是你還不凶他，我就唾棄你！」

對方看來也不滿意意外的發生，他大剌剌下車察看，我驚嚇地瞥見男子的兩隻粗壯的手臂上，刺了兩隻碩大的青龍。轉眼看到外子正拉起手煞車的青白手臂，我嚇得驚醒過來，即刻拉住被激得打算下去論個是非曲直的外子，一邊擠出燦爛的笑容，一邊提醒外子：

「別下車！微笑！微笑！」

伸手不打笑臉人，刺青的男子發現他的車僅有些微傷痕，橫了斜肩諂媚的我們兩眼，才悻悻然上車離去。

聽完了前面的供述，諸位看官千萬別企圖研究台北市交通的混亂與廖玉蕙之關聯，試問開車的朋友，誰敢說他就不出點兒小差錯哪，何況二十多年才發生這幾樁。

來！不管它！我們繼續上路囉！

——本文收錄於二〇〇七年一月出版《大食人間煙火》（九歌）

依稀記得

洗衣店裡，光線灰濛，略嫌狹窄的空間內，各色衣物以我所不能理解的奇異邏輯或懸掛、或橫放。我心虛地刻意低著頭，仍然被老闆發現，問我：「那件白衣服找到了嗎？」我支支吾吾地用著模糊的低音說：「還沒。」其實我說謊，來這兒撒嬌哀求找尋那件白衣的第三天，衣服就莫名其妙出現了。已經過了好幾個星期了，他居然還記在心上！可我不能承認，因為我曾如此斬釘截鐵地告訴他：「我的衣服一定放在你這屋子的某個角落。」

已經有幾回了，每次找不到心裡想穿的那件衣服，找來找去找不著，我總疑心是送洗沒有拿回來。送洗收據一向貼在冰箱門上，可也說不定，像我這麼迷糊的人，也許隨手塞進哪一件衣服或皮包內，於是，又開始翻箱倒櫃找收據。找著、找著，腦海竟然會逐漸浮出到洗衣店和店家交談的畫面甚至增生出合理的對白。於是，更加堅信一定是送洗去了。

義大利作家龐德貝里在題為〈鏡子〉的魔幻寫實小說裡，寫著主角在整理房間時，發現雨傘丟了：

我找遍了每一處，不只一次（碰到這種情形，我們皆習慣如此，好像找一次並不夠似的）。我翻遍了平常置放雨傘的角落，依然徒勞無功。最後，我任憑它去，繼續工作。我們一生會丟掉比雨傘更重要的東西。

讓人驚訝的是，兩天之後，小說裡的主角「他」居然收到一則電文：

「今晚將抵達。雨傘」

隔天早上，赫然發現那把雨傘就擱在他找了無數次的角落。這個段落，將許多日常生活中失而復得的經驗寫得非常傳神。

我就如同〈鏡子〉裡的那位先生一樣，絞盡腦汁思考可能擺放那件衣服的地方。既然家裡沒找著，洗衣店就成為一線曙光；一旦這樣的意念萌生，雖然收據沒有著落，依據我一向無堅不摧的信念是不會輕易放棄的，我決定到洗衣店裡一探究竟。老闆堅持必須有收據才能拿衣服，因為：「沒有收據是不可能找到的，留在這兒沒取走的衣服實在太多了。」他指著店裡一排又一排套著塑膠套的業已洗淨的衣服。「何況，妳又不能肯定是送到我這兒來洗了。」

被流放到洗衣店的衣服還真是多！屋頂上懸掛的、裡屋裡躺在櫃子裡的、吊在矗立的衣架上的……這些曾經被嬌寵的衣物，從已然蒙塵的塑膠套看來，是被主人遺忘多時了。由被寵溺送洗而淪落至被遺棄於小鋪，主人必然有著什麼原因。出國不歸？糊塗遺忘？抑或罹患痴呆症候？而我的白衣服不知因何原因，竟在幾日之後的清晨被發現安安靜靜依偎在櫥櫃裡另一件白衣旁邊。

是的，最膠著的點就是我從來不能肯定任何事（「學生的作業確實繳了嗎？」一直到即將退休的今天還深深困擾著我），當然包括衣服的去向。曾經有過嶄新的衣服，在櫃子的角落白白掛了兩年，從來不曾被穿上身。也不知道是何原因，它明明就大剌剌地挺身存在，我就是沒看到。直到某一天，女兒在洞開的櫃子前逡巡，然後驚叫：「媽！這件衣服怎麼沒看妳穿過！這不是兩年前我們一起在百貨公司買的？」可不是！怎麼都兩年了，卻閒置櫃內，我壓根兒忘了它的存在。

一回，發現常穿的牛仔褲居然遍尋不著。平常倒也沒特別鍾愛，一旦遺失，忽然恩寵度瞬間高攀。我瘋狂大搜索，並呼籲全家總動員，宣稱：「這是我最愛的長褲！沒有任何長褲能取代它。」越找不著，它的身價越節節攀升。當我質疑可能被外子不知收藏到何處時，外子取笑道：「一個人不知道把褲子丟到哪裡，我都沒有質問妳，妳居然還敢誣賴丈夫！」

那件經過歲月催發而升等成為「最愛」的牛仔褲，就在我幾乎已經宣告絕望的半年後，忽焉出現在衣櫃裡，就夾藏在衣和衣之間的架上，毫無愧色地直挺挺懸掛著。真是讓人匪夷所思啊！包括我在內的所有家人都驚愕莫名，因為每人都曾把那個櫃子做過地毯式的搜尋不下兩遍以上。

我忽然想起母親臨終前的兩年，持續在尋尋覓覓一件我買給她的黑底白花洋裝。遍尋不著的彼時，她也一再強調那是她最珍貴且寶愛的衣服，沒有任何一件衣服能夠取代它，即使我再三表示要帶她到高檔服飾店補送一件，也無法讓她打消繼續尋找的念頭。當時，最大的嫌疑犯是二嫂，母親屢屢嘀咕著：「不是伊會是啥人！自從上遍去妳二兄厝內住兩天以後，彼領衫就無去。一定是伊給我當作奋圾提去丟掉！」不管二嫂如何賭咒發誓，她就是不信，不信的理由也很充分：「要無，一領衫哪會無代無誌無去！」這倒是很科學的質疑。但沒憑沒證的一口咬定，終究無法大剌剌說出責備的話，只能背後自言自語。可惜的是，雖然合力尋找，但至母親過世為止，卻始終沒能如願尋回，如果硬要問母親生前尚有何遺憾未了，這應該明顯可算得上一樁吧。是不是每個人都曾有過類似的經驗？迷糊的我，發生這樣的事本不足為奇，竟然精明如我母者亦若是，這便很值得大加探討了。

昨晚，微雨中，和女兒穿街過巷，經過那家洗衣店，恍然又想起似乎有一件非常珍愛的衣服送洗後又忘了取，唉呀！怎會這樣？

「妳洗了哪件衣服？」女兒問。

「想不起來了，不過，我確實在前些個日子送洗了一件很重要的衣服，我還記得一直記掛著得送洗，否則明年發霉或染黃就很不上算。」可我絞盡腦汁就是想不起來是哪一件。

「既然是很重要的衣服，怎麼會想不起來！是冬衣還是夏衫？」

「別逗了！這時節打算送洗後收藏，自然是冬衣。」這件事我可篤定了。

「我看妳整個冬天常穿的冬衣也就那幾件，應該很容易想的呀！」

「哎呀！老人家事情多，不像你們生活單純，我要記的事太多了！」

「那妳記得送洗多久了？」女兒不以為然地質疑。

「應該沒多久！大概一、兩個禮拜吧！」我說。

「怎麼一、兩個禮拜就忘記？」女兒重複我的答案。

我想了想，又改變說法：「也許更久一些，一、兩個月吧。」

「到底多久？一、兩個禮拜跟一、兩個月差很多欸！」女兒咄咄逼人。

「哼！妳到我這個年齡就會知道！一、兩年跟一、兩個禮拜的差別也不會太多！」我開始叨叨煩言：「我記得很清楚，曾不下一次請妳或爸爸，誰有空就幫忙拿去洗，結果你們都置之不理。有一天，你們都回台中去了，我看衣服仍然趴在沙發扶手上，我就自己拿去啦！……啊！我還記得當時還看見陽光就灑在洗衣店老闆娘背對著我在屋裡掃地的佝僂背影啊！」

我越說感覺畫面越顯清晰起來，於是下結論：「總之，不管是哪件衣服，如果你們幫忙送洗，就不會搞成這樣！說來說去，都是你們害的！還敢說我！」

女兒被我攪和得說不出問題出在哪裡，只好轉移焦點：

「好吧！既然妳曾經『不下一次』請我或爸爸幫忙送洗，我沒記住，也許爸爸會記得，回去問他就成了。」

沒料到，回家後，我邊找收據邊問，居然問出了晴天霹靂。外子說：

「那家洗衣店已經宣布停業了。前些日子我從門前經過，看到洗衣店鐵門拉下；鐵門上貼了張告示，說是即將停止營業，請送洗衣服的顧客在某日之前來取回，否則就將留下的衣服捐給慈善機構。」

居然有這樣的事！昨晚路過時，也許是夜色迷濛，並沒有注意到有無告示張貼門上。我停止搜尋收據，抓住要點拋出問題：

「某天截止取衣？某天是哪一天？時間過了嗎？」

「沒注意。」

「沒注意？你沒注意？」我急得尖叫起來：「你什麼時候看到那張告示的？前些日子是多久前？」我又接續問了似二實一的問題。

「我忘了。」他言簡意賅。

「你忘了？問你問題，你不是不知道、就是忘了，你這人怎會生活成這樣！」

這會兒，外子反應可快了，立刻反擊：

「妳自己有沒有拿衣服去送洗都不確定，還敢問我？是怎樣！」

我趕緊見風轉舵，問：「他們可以隨便把顧客送洗的衣服捐出去嗎？這樣合法嗎？」

「不知道。」

這次我不再窮追猛打，即使外子記住了什麼時候看見那張告示或確知領回的期限，沒有找到送洗的收據，都改變不了什麼局面；何況，如果真有衣服送洗，那人肯定是我，我最好別在這個議題上打轉太久，否則最後鐵定會引火自焚。

不過，我越來越確信有一件很喜歡且相形貴重的衣服送洗去了，只是我暫時忘了是哪一件，以後很可能一輩子也想不起。一想到最終我將跟我的母親一樣，至死都找不回這件衣服，讓我感到無比的悲傷；更沮喪的是，看來我的問題遠比我母親的更加嚴重。她至少確知遺失的是一件黑底白花洋裝，而我連送洗的是哪件我所喜愛的衣服都毫無印象，只依稀記得送洗那日的陽光和正掃著地的老闆娘佝僂的背影。

——本文收錄於二〇一三年八月出版《在碧綠的夏色裡》（九歌）

老師，您還記得我嗎？

教書十餘年，雖不敢言桃李滿天下，但近年來，足跡所到之處，不論海內海外、山巔海隅，還真常常有學生主動前來相認。

師生見面，本是樂事，無奈話匣子打開之前，學生慣常以「老師，您還記得我嗎？」一對老師展開驚心動魄的測試，這對一向迷糊成性的我來說，無異苦刑一樁。

我得老實招認，多年來，我為這句問話鬧過的笑話不下一籮筐，甚至已到聞「問」色變的地步。

幾年前，我第一次接受這樣的考試，看著學生熱切的眼神，搜盡枯腸，不得要領，只好從實招來：「我記憶力太差了，實在想不起來，真對不起，你是……」

那名學生先是露出失望的表情，接著，不甘心地再接再厲，以實例舉證，企圖引起我的記憶：「以前上課的時候，我就坐在最前面的位子，妳好幾次誇獎我文章寫得不錯。老師，您忘啦？」

多年來，我教的課程全和文章有關，而教室最前面位子，經常是一些課業較優秀的學生；因此，這個提示等於沒有提供有利線索。學生看出我仍一臉茫然，旋即哀怨起來，自怨自艾地嘆息：「難怪老師認不得我了，這些年來，我老了好多，很多人都認不得我了。事業不順利，婚姻又觸礁……」

然後，他站在路口滔滔不絕對我吐了一個半鐘頭的苦水，不顧我對自己記憶衰退的抱歉，而堅持他失敗的人生。

有了這次教訓，我決定改變策略，不再採取保守的態勢，免得傷了學生的自尊心。

一回，坐飛機南下演講，正在松山機場的候機室枯候，一位翩翩佳公子穿著機場制服，趨前和我打招呼，照例是這句開場白；我腦子一轉，想到機場工作人員一定是我在中正理工學院教過的學生，腰桿打得很直，舉手禮又標準又帥氣，便不假思索地回說：「當然記得！是中正理工學院的學生嘛！」我還拍馬屁地加了一句：「除了中正理工的學生，哪有這麼帥的男子！」

正為自己的機智所感動，卻不料那男子尷尬地說：「不是啦！我是妳東吳的學生……」啊！馬屁拍錯了，真糟！

另一次是暑假期間，和文藝界人士一起到花蓮參觀，在一個玉石工廠前，一群學生朝我高喊：「廖老師！」我為免露出馬腳，謹慎地發問：「你們在花蓮上班啊？」

學生集體做昏倒狀，說：「老師！我們才大二，剛上完您的課。您忘啦？」

我掩飾住張口結舌的蠢相，故作輕鬆地說：「老師跟你們開玩笑的啦！怎麼會這麼快就忘記。你們是造船系的嘛！」學生笑得前俯後仰：「老師，不是啦，航空系的啦！」

這下子錯得太離譜了！一個天上飛的，一個水上走的。這謊言編不下去了，我只好訕訕然地說：

「老師今年延後過愚人節。」

前些年一個早晨，我蓬頭垢面地在市場的魚販前挑著魚，一位年近五十的高貴婦人，遠遠衝著我興奮地叫：「廖教授！妳還記得我嗎？」市場上的人，不管買菜的或賣菜的，聽她這麼一叫，全抬起頭向我投以敬佩的眼光，我雖然頗為沒能以光鮮的姿態出現而懊惱，卻展現了前所未有的信心，心想這麼大年紀的學生，一定是有一年我在師院教授暑期進修班的小學老師了，便信心十足地回說：

「當然記得！妳是暑期在師院進修的老師嘛！怎麼不記得！我雖然記憶力不太好，但是對妳可是印象深刻的。」

那些平日看我不太起眼的菜販，紛紛讚佩道：「噢！真厲害咧！老師的老師，那是太老師囉！看不出來，這麼年輕！」

我正沾沾自喜著，那位太太把我拉到一邊，小聲地更正道：「不是啦！我是前些年妳在××文化中心演講時，問妳孩子和父母鬧彆扭時，該怎麼處理的那個人啊！妳忘了啊？有沒有？坐在走道右手邊前面的位子，想起來沒？那天，我先生也問了妳一個問題，有沒有？」

天哪！我一年教過的學生數百人都來不及記，何況萍水相逢的一場演講。

另有一次應邀到澎湖講授一堂文藝課程，尚未開講，一位男子提著大包小包的澎湖土產來看我，說是從報上看到消息，特地從上班的地方偷溜出來見見老師，這樣的熱情，著實教人感動；所以，當他問我：

「老師，您還認得我嗎？」我是絕不忍心說實話來報答他的。我決定用迂迴套招式來刺探：「當然記得！怎麼樣？你們班同學現在都怎麼樣？」

他開始如數家珍地提到一連串的名字，聽起來都有些似曾相識，卻又都不十分明晰。不過，由他所敘述的學生出路聽來，中正理工的學生已可以排除在外，師院的學生也絕無可能，我因此篤定以為是東吳的；情勢既已明朗，因此，自作聰明地接話：

「畢業這麼多年，有沒有回外雙溪看看啊？學校變了很多了吔！」

學生流利的口才霎時打結了起來，說：「我……我是文化大學的。」

唉！這叫作「百密一疏」，我忘了前些年曾在文化中文系文藝組教過一年散文。接過那些充滿情意的禮物，我羞愧地恨不得找個地洞鑽下去。

我一直為著我這些不光彩的事耿耿於懷，後來，在一個偶然機會裡才發現，這樣的糗事原非老師的專利。我在重慶南路被一位熱情的女學生攔下，正談得高興，女學生回過頭拉來正在街邊看小飾物的婦女說：

「媽！這位廖老師是我在東吳念書時的小說課老師，她上課教得好精采！」

我連連倒退了兩三步！我何曾教過小說？在東吳，我教的是戲劇！我們倆於是就站在街頭爭論到底我在東吳講授的是什麼課，女學生斬釘截鐵地下結論：「不可能是戲劇！我根本沒修過戲劇，我修的是小說。」

我提醒她，如果她確定修的是小說，那麼她一定是認錯人了，女學生笑起來說：「開玩笑！廖玉蕙老師，錯不了！化成灰我也認得！」

最後是我被她堅定的神色所震懾，開始反省自己是否是把戲劇課上得像小說課？

另一次是在外子一名屬下的婚禮上，新郎也正是我教過的學生，於是，我和外子雙雙赴宴。坐在主桌上，我彷彿聽到旁邊一桌的男士朝我指指點點，竊竊私語道：「那邊那位，是不是曾經教過我們的老師？」

我大方地走過去，看來全是熟面孔，我說：「怎麼！連老師都不認得了？」其中一位鄭重其事站起來說：「怎麼會？我們只是沒想到老師也會來參加婚禮，有點不敢相信罷了。」停了一秒鐘左右，他突然又接著說：「中國通史老師嘛！對不對？」

全桌的學生都爆笑開來。國文變通史？在這裡，「文史一家」有最獨到的詮釋！我於是確信這位學生若非常蹺課，便是上課一直在打瞌睡。

回到座位上，我心有餘恨，對外子抱怨，外子笑著說：

「這叫『什麼樣的老師教出什麼樣的學生』！」

——本文收錄於一九九七年十月出版《如果記憶像風》（九歌）

打錯電話留錯言

自從在朋友的電話答錄機前，幾度狼狽失聲後，我也立刻不甘示弱地還以顏色——以其人之道還治其人之身。這才發現電話答錄機，的確是測驗人類臨場反應的最佳利器。很多平日口若懸河的人，一遇到它，霎時變得張口結舌、方寸大亂。

一位長輩大概從來沒見識過它，因此，不管我在留話機裡用多麼甜蜜的語言及明晰的語意告訴他這是答錄機，他硬是在我的留話機裡留下了三通類似的話：

「喂！喂！喂喂喂……什麼玩意兒！嘰嘰咕咕地，自己講完就不理人了！喂！喂……」

一位學生在沒有預警的情況下，在留話機裡顛三倒四地留下一通毫無章法的話後，大概愈想愈不甘心，於是又接著另留了話，說：

「老師！因為太緊張，以致語無倫次。所以，以上那通留話在此鄭重宣布作廢，以下正式重新開始——」

有一通荒謬的留話曾經把我們全家整得人仰馬翻。這位仁兄太心急了，還沒等「嗶」聲過後，便先行開講，以至於當我們打開機器時，便聽到了如下的留言：

「……二八一，事情很急，請趕快回電。」

事情很急？這可大意不得。是山東口音的男士，聽聲音約莫五十歲上下，但這其實也做不得準，有個朋友的媽媽的聲音就像十八歲的大姑娘。雖然從簡短的留話中找不出話到底是留給什麼人的，但基於過去的經驗，一家四口毫無異議認定是找我的。

當晚，全家展開腦力激盪，親朋好友，阿姨五十，朋友六十，連失散多年的人都提出來檢討，一方面也打開電話號碼簿，像核對統一發票末獎般，尋找二八一。很不幸，瞎忙了一晚，全無斬獲。外子主張靜觀其變，他說：「如果事情真急，他自然會再來找妳。」

果然！第二天上課回來，這位先生又氣急敗壞地在留話機裡留話，仍和上次一樣，是半截話：

「……八一，事情一定要趕快決定，為什麼不回我電話呢？再不回電話，我就不再等了。」

我坐在電話機前，一遍又一遍地聽著，愈聽愈絕望，好像有一場繁華熱鬧，眼看著就趕不及了。

靈機一動，我撥了電話給一些見聞廣博的親友，在電話中播放留言，請他們幫忙辨識，以進行地毯式的搜尋，偏是沒有人認識這聲音的主人。就這樣驚天動地地又耗了一晚。這位先生還真鍥而不舍，第三天仍沒放棄：

「……八一。是不是沒意見？那我就幫你隨便挑了。不過，最好還是跟我聯繫一下。」這次，我簡直有些恨他了。我悶悶地關掉答錄機，假設他打錯電話，要嘛就是尋我開心，決心不再理他。

第四天，在學校教書，兩節之間的下課時間，我坐在教室裡和學生聊天，不知怎的，就聊到這三通荒謬的電話，我正咬牙切齒地數落著：

「這個人實在是太可惡了！哪天讓我給逮到，一定把他吊起來痛打一頓，真是豈有此理！」

有人推門進來，未見其人，先聞其聲：

「廖老師，可讓我給找到了……」

正是那熟悉的山東口音！我猛地回頭一看，原來是教務處負責排課的職員。他直嚷著：「不回電話，怎麼知道下學期的課排在哪天好？」真是踏破鐵鞋無覓處，這人終於自首來了。學生哄堂大笑，鬧著高喊：「吊起來！把他吊起來……」

答錄機帶來的噩夢才開始哪！

大概總持續了有兩年左右了吧！電話答錄機中的留話突然暴漲起來，第一次從顯示器中看到有十幾通留話，我一度飄飄欲仙，以為自己的地位身分終於水漲船高，誰知全是留給慈濟功德會台中分會的。有的來問救災計畫，有人請教捐款事宜，最近則以查詢捐贈骨髓為大宗。

原來，我們家的電話竟和慈濟台中分會一模一樣，只是區號不同而已。

起初，只是零零星星的幾通，為了不使那些熱心的信徒感到失望，我們總是想辦法通知他們——電話撥錯了。

最近這幾個月，因為慈濟所辦的活動較為頻繁，我們的答錄機中，每天平均約有十通左右的留話是給慈濟的。

每每下課後筋疲力盡地回到家，還得打起精神一一更正。十通電話可不是再打十通電話就可解決的。有時對方正通話中，有時是小孩子稚嫩的童音，有時發現是辦公室，要白天才可找到人。

往往一個晚上抱著電話不停地撥，仍無法一一通知到。有時想不理它，卻又覺得只要有一個想行善的人被疏忽了，可能就因此冷卻了熱情，這種責任我們擔負不起。

但是，這樣沉重的負荷，再是有耐性的人，怕也會逐漸感到不堪的吧！尤其是一些早起族的善男信女，真是讓我這個夜貓子傷透了腦筋。清晨六點多，電話鈴震天價響：

「阿彌陀佛，××師姊在嗎？」

阿彌陀佛！我睏得語焉不詳——打錯了。好不容易又躺回床上，電話又來了：

「阿彌陀佛！請問想捐贈骨髓怎麼辦？」

阿彌陀佛！請在電話號碼前加撥「〇四」。

「怎麼會呢？妳電話幾號？這兒不是慈濟嗎？搞什麼？」

阿彌陀佛！我很累呢！再見！

過一會兒，不死心的電話又來了：

「怎麼又是妳？這兒不是慈濟嗎？奇怪！他們明明告訴我這個號碼！要不然，妳知道台北慈濟幾號嗎……」

於是，歪纏半天，苦口婆心解說半天，直到神智完全清醒，他猶半信半疑。

一天，我忽然聰明地想到可以在錄話內容中加注：

「……至於慈濟的朋友，請勿在此留話，慈濟在台中，請在電話號碼前加撥〇四。」

雖然如此，那些固執的善心人士仍然一意孤行，他們急於散播愛心，完全聽不見任何解說。我氣極了，打電話質問那些堅持在我拒絕後仍留話的人，他們振振有詞地回答：

「號碼是對的呀！沒錯呀……」

我怕哪一天實在太累了，無法繼續為慈濟服務，折煞了許多的好意。可又不想換去這個擁有多年、且為親朋所周知的號碼。

因此，我客氣地電請慈濟檢查他們出版物上的電話，是否詳細標注了區號，慈濟工作人員個個輕聲細語，展現了良好的修養，客氣地表示接受並殷殷致歉。

然而，留給慈濟的話仍源源不絕地刻錄在我們的答錄機內。打給慈濟的電話鈴聲像永不停歇的夏蟬，不捨晝夜地侵襲我的耳膜，睡覺時，寫作時，看書時，談話時，做飯時……

阿彌陀佛，我是全世界最有資格見證慈濟威力的人。

——本文收錄於一九九七年十月出版《如果記憶像風》（九歌）

上海的黃昏

兩岸青年文學研習營在上海的黃昏閉幕，心情轉為輕鬆。閒聊時，有人忽然問起襄陽市場，在座一位復旦大學教授要言不煩地提醒：

「你們千萬別去，不好！去了準上當。」

眾人唯唯以對，佯裝乖順且附和地唾棄仿冒，一俟該教授轉身，立刻抓緊時間，驅車直奔久聞其名的贗品市場：

「既然來了上海，總得見識見識！算是另類文化觀察嘛！」一干人自我解嘲著。

天空微雨。下了計程車，立刻有人賊頭賊腦尾隨不去。

「要不要看名牌皮包？有上等的貨色。要的話，跟我來。」

洶湧的人潮中，眾人面面相覷，不置可否。尾隨者看出有機可乘，立刻遞上名片，鍥而不舍地遊說。本來也沒有特定主張的一群人，遂被領著，穿過重重人群，在漸黑的巷弄間，彎彎曲曲地遊走，最後上了一條窄窄的樓梯。不可思議地，光鮮亮麗的各色名牌皮包，丰姿綽約地展現在樓梯的盡頭。

眼花撩亂地看著、選著、殺價著，立時所有眼睛發亮的朋友，都像身經百戰的鬥士，和口若懸河的店家進行捉對廝殺。東張西望的，我一時拿不定主意。雖然，對名牌一些概念也無，但是，在那樣熠熠發亮的燈光下，我卻神奇地確信每一只架上的冒牌皮包都能適時提高我的身價、增加我的手采，每一個都讓我愛不釋手。然而，因為生性猶豫，又拙於應對，雖然最後瞄準一只情有獨鍾的大型旅行箱，終究沒能及時和它達成共識。時間急迫，接下來的節目，正是文友C君為報答復旦學者先前殷勤款待所設下的晚宴。身為主人，可不能因為貪看仿冒品而遲到失禮，何況這還關係到兩岸學術界的禮數較勁。於是，眼明手快、立有斬獲的人，人手一個大型黑色塑膠袋往回走，我雖無絲毫斬獲，也只好怏怏尾隨。

出到襄陽市場外，才知大事不妙。街道邊兒，全站滿了招車的人，而經過的計程車，幾乎車車客滿。我們原以為預留了足夠的時間，卻因為一車難求而變得緊張慌亂。情急之下，也顧不了其他，六個人兵分兩路，各自謀生去也。外子眼尖，沒多久，便發現一部空車駛近。他拉開車門，正轉身招呼我們，倏地，一位勇壯男子不由分說鑽進前座，他的一干手腳麻利的婦孺家屬也訓練有素地爬進後座，不到一秒鐘，四人悉數就定位，理直氣壯地吩咐師傅開車。外子不防有這一招，一時措手不及，吶吶辯說：「明明是我先攔到的。」然而，師傅也毫無主持正義的意思，任憑奸人取巧得逞，開車揚長而去，我們這才想起友輩傳說中在大陸搶搭計程車的恐怖經驗。

既然大意失荊州，市場周邊又競爭者眾，我們便彼此吆喝著往前行，邊走邊回頭張望是否有人下車或有空車經過，一邊還不忘相互砥礪一旦有機可乘必得施展既狠且準的搶車技術：

「千萬不得手軟！」

走了半晌，判斷方向不對，應該轉進到上游地區，才能絕地逢生。於是，一呼兩應，三人又結伴回頭狂奔。恍惚間，看到台灣那另一組三人幫，也以飛快的速度和我們在黃昏中競走，就在微雨的上海街頭，六個人、二組人馬時前、時後相互超前地奔跑著，一派唯恐計程車被對方招走的競爭態勢，是那種仇人相見分外眼紅的咬牙切齒狠勁，擺明了根本就是鹿死誰手的內鬥，行為幾近瘋狂。

因為逆向，越跑，距離目標越遠，時間一點一滴過去，一部車也攔不到！另一組人馬則在一眨眼間失去蹤影。三人立在雨絲飄緲的街頭，徬徨張望、灰心喪志。於是，當機立斷，決定回頭往晚宴餐廳的方向直奔，這樣，至少能越跑越接近目的地，屆時，若真是運氣背到不行，我們已有心理準備，必欲「達陣」而後已，即使一路狂奔至餐廳也在所不惜。

因為體力不支且過度緊張，我埋首在人行道上氣喘吁吁地盲目追隨被C君的速度拋到身後的那只他的隨身書包。才稍一閃神，書包不見了！正惶惑間，一陣摧枯拉朽的呼叫傳來：

「玉蕙！趕快來呀！我攔到了！」

尾音因為緊張、刺激而龜裂開來。我惶惶四顧，才發現不知何時C君竟已然鑽到車道上。C君一向溫雅，呼叫聲音如此之淒厲，堪稱前所未有，聽得我幾乎魂飛魄散。於是，披頭散髮的我，一邊身手矯健地跟著從隔離車道與行人道的一處鐵質柵欄小漏洞鑽出，一邊仿照C君淒厲的音調，向身後的外子高喊：

「全茂！趕快！來不及了！」

然而，洞口實在太小，手上張開的傘越急越不聽話，被欄杆卡住。情急之下，我也忘了可以將傘先行收攏，只一味東拉西扯地企圖掙脫，輪到外子在後方高聲哀告：

「把傘收起來啦！傘卡住了，我也過不去啊！」

話聲未了，C君又一聲比一聲淒厲地喊過來：

「趕快啊！有人搶我們的車子啦！」

我終於排除萬難，衝到C君已一腳跨入前座、搏命占據的計程車旁。後門邊，一位粗壯的女人企圖捷足先登，我發揮吃奶的力氣，不要命似地一把將她奮力推開，順勢竄進車上，外子緊接在後，默契十足地擠身過來，用力關上門。女人不相信戰爭已然決定勝負，猶然張著嘴在車外叫囂、咆哮。

我們贏了！揚棄文明人的溫、良、恭、儉、讓，憑藉最原始的本能，在上海的街頭殺出一條血路，獎品是一部行走中的計程車。三個濕淋淋的人亢奮地在車內笑談、咀嚼勝利的滋味，感覺嘴角血痕未乾，嗜血的快感油然萌生。師傅微笑以對，徐徐將車子從上海的黃昏開進黑夜裡。外頭的雨，瞬間變得又急又狂。

次日黎明即起，乍然想起那口無緣的大皮箱，不禁為自己的睿智而慶幸。幸而沒來得及購買，否則，在千鈞一髮之際，拎著偌大箱子，如何能從狗洞大小的縫隙中鑽出至車道？想到這兒，便和那司機一般自得地微笑起來。上了回程班機，忍不住向同行友人誇言昨日上海黃昏的正確抉擇，同行者齊齊駭笑說：

「妳幹嘛一定得從洞口拖出皮箱或雨傘？為何不直接從欄杆上方遞送？」

不知是否錯覺，我感覺飛機彷彿一陣激烈晃動，好似也為我的大貓鑽大洞迷思前俯後仰地笑得樂不可支。

——本文收錄於二〇〇六年一月出版《公主老花眼》（九歌）

我從小喜歡種樹

教授大學國文多年，對學生作文內容的一致性雖然已深有體會，但前些日子入大學甄試闈場批閱試卷過後，對新新人類的言不由衷，更留下了深刻的印象。百思不解的是，現代年輕人之大異往昔、喜歡標新立異，幾乎已是不爭的事實，何以獨獨在寫作上仍保留古風，和我們所屬的六、七〇年代，幾乎如出一轍，仍然一味揣摹上意，不像他們追求新潮流或向父母爭取民主般，勇於發展自我，寫些真心話，或者耍些創意？其實，要說他們全無創意也不盡公平，新新人類也另外研發了一些可厭的作文模式並衍生了若干讓人啼笑皆非的新毛病，這些創舉比起中規中矩的人云亦云，更加讓人不敢領教。

我們的國文教學是否已經亮起了紅燈？或者我們的教育根本上產生了很大的問題？為什麼孩子認定某一類八股的文章模式必為閱卷者所青睞？為什麼一向勇於向父母權威

挑戰的孩子在面對考試時，如此伏低做小地壓抑自己，不敢說些真正的想法？或者，孩子為什麼念了那麼多年的書，竟然沒有自己的一些想法？這些都值得從事教育工作的我們好好加以思考。

甄試的作文考題名曰「樹」。「樹」有類似縮寫的命題，羅列八段文字，請考生將重點重新組織為一篇四百字左右短文，題名「再生紙」。將近一千份的考卷改下來，可以歸納出幾項共同的特色，今羅列於下，以供參考：

首先，邏輯不通。有人以擬人法這麼寫著：「我們由一株小草，經過雨水的滋潤，陽光的照射，歷經風吹雨打，才長成今日般的高大、直立，現在你應該知道我是誰了，我們就是樹。」小草居然可以長成大樹？木科草科都分不清。也有人聳動地寫著：「我們家後院有一棵百年大樹，它忍受了千年風霜。」這算術不知從何算起？有人把人比喻為樹，扯著扯著，不知怎的，突然扯到了「近日自殺風氣很盛，自殺者充其量不過是一棵不負責任的樹。」這是打哪兒說起？還有人是這麼形容樹的成長的：「一寸一寸點滴的長大。」真是叫人啼笑皆非！還有一位更離譜的同學居然寫著：「植樹節那天，我種下了一棵樹，在我細心的照顧之下，這棵樹終於死了！」還有一位考生說：「我是愛樹的一個人。」這是什麼修辭？政治家近日常引用的俗語「吃果子，拜樹頭」，這番也在考卷上大出鋒頭，只是，有人寫成「吃棗子，拜樹頭」。有位同學感慨地說：「身為萬『獸』之靈的我們，怎能率先摧殘這美麗的大地。」絕大部分的學生把「棵」寫成「顆」，於是變成：「我打開窗戶，看到一顆顆的樹立在那兒。」把樹寫得像閃閃發光的小星星似的。有位同學別出心裁地下結論道：「沒有櫻桃樹就沒有華盛頓，沒有蘋果樹就沒有牛頓，沒有菩提樹就沒有佛陀，可見樹有多重要了。」讓閱卷老師傷透了腦筋，不知該嘉許他的創意，還是質疑他的邏輯。

其次，新新人類還有漫不經心的毛病。在閱讀寫作的重新組織所提供的八段文字裡，有一段文字是：「以被稱為『地球之肺』的熱帶雨林為例，平均每一秒鐘就有一個足球場大小面積的森林被砍伐，而其砍伐的速度卻遠超過樹木的成長速度……」改了幾天下來，一位老教授忽然偏著頭懷疑地問道：「到底是每一分鐘？還是每一秒鐘？」這一問，所有人都開始重新翻閱資料，就在此時，又有一位教授提出了另一個問題：「到底是籃球場？還是足球場？差很多哩！怎麼有人寫足球場，有人寫籃球場！」話聲未了，我便翻到了一座棒球場。

老氣橫秋是另一個毛病。很多人都在文章最後呼籲：「朋友！讓我們一起來種樹！」「朋友！讓我們一起來效法樹的犧牲精神吧！」一位教授看了太多這樣的文章後，氣得說：「朋友！哼！誰跟你是朋友！」還有人也許看多了瓊瑤女士的小說，每一段的最後都不厭其煩地問：「你說，是不是？」有的則用反問的句法說：「你說，不是嗎？」

另外，新新人類還是大說謊家，他們說謊說得比我們當年更面不改色。我改過一包五十份的考卷，其中有三十八人提到家有老榕樹，有趣的是，這三十八棵老榕樹中，有三十棵不約而同地種在外公家，而三十八個人都「常常爬到樹上去」，有的爬上去玩，有的爬上去沉思，有的爬上去向老樹訴說心事，還有一位嚴重的大說謊家公然宣稱：「我常常爬上番茄樹上躲迷藏！」大多數的人都說「我愛樹！愛樹的正直不阿，愛樹的默默行善，愛樹的堅忍不拔。」在我改的卷子當中，有好多爸爸都把孩子叫到樹前面，說明樹的勇敢。有一個學生在提到他阿公常在樹下講故事給他們聽的情形時說：「阿公講得精采，連蚊子都靜靜站在手臂上聽。」堪稱本年度最聳動的誇飾。一位教授指著一份考卷，皺著眉頭說：「敢有影？」大夥兒湊上去一看，上面寫著：「我愛樹，從小就喜歡種樹。」所有的人全笑倒了！真是說謊不打草稿！

歸納言之，台北的考生都回外公家爬樹，南部的孩子喜歡跟樹說話，金門地區的學生家長最喜歡指著樹要孩子學習樹的精神，澎湖也許因為缺少樹木，所以只能大談樹的重要。

我在一個聚會中提起這些趣事，正好有位考生在座，他的母親哈哈大笑之餘，看到孩子面色凝重，孩子囁嚅地說：「糟糕！我也爬了樹了！」那位母親鐵青著臉問：「你去哪裡爬樹？哪有樹讓你爬？」「外公家。」「夭壽死囝！你外公家哪有什麼樹……幹嘛爬樹？」母親氣急敗壞地繼續追問。孩子紅著臉不好意思地小聲回說：「人家去俯瞰大地嘛！」舉座哄堂大笑。

——本文收錄於一九九七年十月出版《如果記憶像風》（九歌）

廖玉蕙作品集 15

教授別急！——廖玉蕙幽默散文選

作者	廖玉蕙
繪者	蔡全茂
責任編輯	張晶惠
創辦人	蔡文甫
發行人	蔡澤玉
出版發行	九歌出版社有限公司 臺北市105八德路3段12巷57弄40號 電話／02-25776564・傳真／02-25789205 郵政劃撥／0112295-1
九歌文學網	www.chiuko.com.tw
印刷	晨捷印製股份有限公司
法律顧問	龍躍天律師・蕭雄淋律師・董安丹律師
初版	2015年5月
初版 3 印	2017年9月
定價	**320元**

書號	0110715
ISBN	978-957-444-996-5

（缺頁、破損或裝訂錯誤，請寄回本公司更換）

國家圖書館出版品預行編目資料

教授別急！——廖玉蕙幽默散文選 /
廖玉蕙著；蔡全茂圖. -- 初版. --
臺北市 : 九歌, 民104.05
面；　公分. -- (廖玉蕙作品集 ; 15)
ISBN 978-957-444-996-5(平裝)

855　　　　　104005104